JN214615

W I N G S ・ N O V E L

三千世界の鴉を殺し
SEQUEL ①

津守時生
Tokio TSUMORI

新書館ウィングス文庫

S H I N S H O K A N

三千世界の鴉を殺し SEQUEL ①

目次

「三千世界の鴉を殺し」CHARACTERS

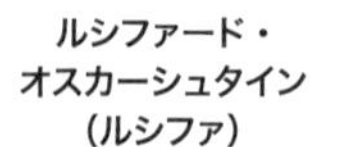

ルシファード・オスカーシュタイン（ルシファ）
大尉。超A級の超能力者。
先ラフェール人。
O2とフリーダム・ゼロの息子。

マコト・ミツガシラ
ルシファを崇拝する
輸送科所属の少尉。

カジャ・ニザリ
軍病院の内科主任。白氏。
見た目は15歳程度だが
150歳。

オリビエ・オスカーシュタイン（O2：オーツー）
ルシファの父親。
銀河連邦軍中央本部
情報部部長。少将。

サラディン・アラムート（サラ）
軍病院の外科主任。
カジャとともに
ドクター・サイコと呼ばれる。
実は純血の蓬莱人で227歳。

ライラ・キム
ルシファの副官であり、
士官学校時代からの親友。
地球系。
ワルター・シュミット
ルシファの友人。中隊長。大尉。
マルチェロとともに
カーマイン基地の
二大プレイボーイの一人だった。
マルチェロ・アリオーニ
憲兵隊隊長。大尉。
ルシファの良き協力者かつ
友人となった。
メリッサ・ラングレー
ワルター大尉の最初の妻で、
後によりを戻す。
第六連隊通信科中隊長。
大尉。
ラジェンドラ・モース
(ラジ)
ルシファの友人で大尉。
中隊長。
酒癖の悪い巨漢。
アレックス・マオ
ルシファの上司で中佐。
情報部との
二重軍籍を持つ。
アンリ・ラクロワ
基地の新司令官。
中佐。
エディ・マーカム
ルシファの友人。
大尉。中隊長。
レイモンド・
ブレッチャー
カーマイン基地の
元司令官。

イラストレーション◆麻々原絵里依

ハートのエースが出てこない

Heart no Ace ga detekonai

気がつけば、その年ももうすぐ終わろうとしていた。

バーミリオン星を揺るがした流民街での大惨事と、その直後に続いた外宇宙探査の惑星基地決定にともなう狂騒はほぼおさまり、バーミリオン星の住民たちは年末年始を迎える行事の準備に忙殺されていた。

カーマイン基地自体も休暇を控えて、多少浮かれた雰囲気が漂っている。

ただし休暇といっても、基地機能は最低限維持しなくてはならず警備も同様なために、大半のものが休んでいながら勤務につく者はいる。

幾ら特別手当が出ようと歓迎されない勤務は、勤務表を作成する上官の裁量によってほとんどの場合、休暇を一緒に過ごす家族のいない独身者に割り振られていた。

「——それ自体に文句はねえんだよ、俺は。誰かがやらなきゃならねえワケだし、ライラも一緒だ。だが、仕事から戻ってからの貴重な自由時間を潰して、どうして妻帯者のお前らのカード遊びなんぞにつき合わなきゃならねーんだ？」

ルシファード・オスカーシュタインは、不満たらたらながらも鮮やかな手つきでカードを切り、三人の悪友たちに札を配っていく。

テーブルをはさんで向かいにあるソファの両端に座ったラジェンドラ・モースとエディ・マーカムが、文句を言いつつもつき合いのいい友人の言葉に顔を見合わせる。

「だってなぁ……」

「そうそう。独身の君は、ホーム・パーティの準備に張り切る妻たちが、どんなに家の中にいる亭主を邪魔にして邪険に扱うか知らないから、そんなセリフが言えるんだよ。居場所がなくて仕事に行っていたほうがマシだと思っても本当に仕事に行っちゃうと今度は家庭を顧みない薄情な亭主だって責められた挙げ句、離婚するのしないのっていう騒ぎになっちゃうしさぁ。もう一体こっちはどーしたらいいのか――」

「手伝えばいいじゃねえか、家事を」

当然のことだろうと言わんばかりの口調でルシファードが言う。

エディは悪い男ではないのだが、放っておくといつまでも一人でしゃべり続けるため、誰かが途中でさえぎる必要があった。

浅黒い肌をした巨漢のラジェンドラは、配られたカードを取り上げて渋面を作る。

「お前みたいに家事全般得意な男は、例外なんだといい加減に自覚しろよ」

「家事なんぞ慣れだ。日頃面倒臭がって手伝わねえから、こういう時に何もできなくて邪魔な物体と化すんだろ」

「確かにラジみたいな巨大物体が役に立たなかったら、目障りだと思われても仕方ないか。返品を言い出される前に自力で移動するのは賢いよ」

ルシファードの隣に座るワルター・シュミットが笑う。

彼ら二人は、リビングと寝室の机に付属するイスを移動して席を確保している。

やっと二度目の妻との離婚が成立したワルターは、ルシファードと同じ独身士官用宿舎に入居したばかりだった。

ラジェンドラが大きな目を剝いてにらむ。

「だったら、お前は家事を手伝っていたのか？」

「普通の亭主並みにはしたつもりだけど？　食事の後片付けや食材の買い物とか。飲み物を用意するのは俺の役目だったよ。カクテルや酒のつまみを作るのは好きだしさ。——ほら、エディからだぞ」

「けっ。優雅に生活してやがる。ウチみたいに小さいのが二人もいると、そんな生活は夢のまた夢だぜ」

「俺にはラジのほうが夢の生活だけどなぁ。女房子持ち一戸建て住宅にペットつき。絵に描いたような幸せじゃねえか。いーよなー」

本気でうらやましがる超絶美形の言葉に、再び女房子持ち男二人が顔を見合わせた。

エディがいぶかしげな面持ちで尋ねる。

「君ならその気になれば、すぐに結婚できるだろう？　高望みし過ぎていないかい？」

「ほとんどの場合、先方が俺を一時の遊び相手としか見なさねーのが問題だ」

「えーっ？　ちょっと信じられないなぁ。ルーちゃんの思い過ごしなんじゃない？　同じ男の俺たちから見たって、君はすごくお買い得な男だと思うけど？」

ワルターが声を上げ、ほかの二人も即座に同意した。

文句なく美形で、仕事から家事全般をこなす能力も高く、ちょびっとおボケな性格ができ過ぎ男の嫌味を帳消しにしている。吝嗇家(りんしょくか)や潔癖という女性に嫌われる要素も皆無で、優しくてフェミニストなところは、女性受けが抜群にいいだろう。

彼に結婚を望まれながら断るような女性がいるとはどうしても信じられない。

スクリーン・グラスで目元を隠した男は、新しく得たカードと手持ちのカードを合わせて、テーブルの上に投げた。

彼の答えはその動作のように不機嫌で投げやりだった。

「ライラに言われたよ。夫より妻の自分のほうがブスだと常に陰口をたたかれて、平然と結婚生活を続けられるほど図太い女は滅多にいないとな」

ああ、なるほどねーと友人たちは納得顔でうなずき合う。

それは女性にとって耐えられる屈辱ではないだろう。容姿の問題になると女性は同性に対し非情なまでに厳しい。

この類稀(たぐいまれ)な男を手に入れた女性は、嫉妬に燃える同性たちの悪意ある視線にさらされ続けることになる。

その手の陰険なもめごとにからきし弱い悪友たちは、罪作りな美貌の同僚に生涯独身男の烙(らく)印(いん)をさっさと押した。

まぁ、家事が得意なんだから、嫁さんこなくても別に困らないんじゃない？——と、他人事なのであっさり割り切ってしまう。

ワルターは中央の山から引いたカードを自分の手札に足したあと、友人の広い背中を片手で軽くたたいた。

「悲観しなくても大丈夫だって。人生は長いんだし、君は魅力的な男なんだから、そんな陰口に負けない剛胆な女性にいつかきっと出会えるよ」

「俺たちの中でお前は一番若いんだ。別に結婚を焦ることもないと思うぞ。相手が一時の遊び相手と見なすなら、お前も割り切って遊べばいいだろうが」

「そうそう！　もともとカーマイン基地は最低の左遷地だったから、風紀なんてあって無きが如しの有様だったって話だもんね。まぁ、今はだいぶマシになっているけど、それでも戦艦勤務よりはずっとゆるいから、ワルターとかが名前を売っちゃうワケでさ。双方同意の上なら軍規違反になるわけないし、ルシファだってワルターと同じ事して悪いはずはないよね？」

相変わらずの早口でまくし立てたエディは、基地で一、二を争うプレイボーイだった友人の名前を出す。

それに対し、ワルターはムキになって反論した。

「風紀が乱れているのにつけ込んで遊び回ったみたいな言い方はよせよ。俺だって誰でも良かったわけじゃないし、今はメリッサ一筋だ」

「当たり前のことを偉そうに。最初から一筋なら離婚せずに済んだ話だろ」

一度別れた元妻とよりを戻そうとして、ワルターはガールフレンドたちの誘いを全部断り続けている。

愛妻家のラジェンドラから辛辣に正論を言われ、ワルターは反論の言葉に詰まった。

そんな友人たちを苦笑したルシファードがなだめる。

「あまりいじめるな。ワルターのは好色じゃなくて、単純に寂しがりなんだよ。自分の寂しさを埋めるために、今までどんな女性にもうまく合わせてきたワルターが、今はメリッサのために変わろうとしているんだ。自分を変えるのは相応の覚悟と努力がいると思う。俺はそんなワルターを応援している」

深く低い声には温かなものが含まれていた。

ワルターは頬を赤らめて小さく答えた。

「……ありがと」

——乙女みたいに恥じらうな、ワルター・シュミット……ッ！

妙に居たたまれない気分になる約二名。

ホモっ気はないくせに天才的な男たらしの犯行現場を見せられて、妻子持ち二人は内心どぎまぎする。

本人は男たらしと呼ばれるのを猛烈に嫌がるが、やはりルシファードが悪い。

超絶美形の癖に天然気味な男は、普段あまり表情を動かさない上に、目を隠す黒いスクリーン・グラスを掛けている。

そんな男が口元に優しい笑みを浮かべ、耳に心地よい低音で直球ど真ん中のセリフを吐くのだから、思わずときめいてしまう相手に罪はないだろう。

天然だからこその作為のなさは、無駄なほどの美形オーラと相まって、もはや精神への暴力だった。

「えーと、カードがおろそかになっちゃってるよ。ほらほら、次はラジェンドラの番」

エディがカード遊びの続行を促す。

賭事(かけごと)好きのラジェンドラは素直に次の札を選ばず、テーブルの上に身を乗り出すと、いつものメンバーにいつもの提案をした。

「だらだらカードをするってのも飽きるから、そろそろ何か賭けようぜ」

「まーたラジの悪い病気が始まったよー」

「士官食堂のランチやバーで一杯をおごったり、おごられたりするのははもうウンザリだ。消化しきれねえじゃねえか。どうしてお前らの嫁さんはランチをおごるのは良くて、賭金を集計してプリペイドカードにするのはダメっつーんだ？」

呆れるのを通り越して嘆きに近い声を上げるワルターに続き、ルシファードも心から同感とばかりに言う。

独身者の問いに現在二人の妻帯者は、ソファの上で居心地悪そうに身じろぎした。

「やっぱり、さ。男の付き合いは時に気前良くおごったりすることもあるわけじゃない？　ちょっと借りができちゃって一杯おごってチャラにしたとか、そういう言い訳もできるんだけど、お金はマズイというかバレちゃうんだよね」

「俺も賭事だけはやるなって言われて……」

「だったら嫁さんの言いつけを守れよ、ラジ」

友人の賭事好きに迷惑しているルシファードは容赦なく断じた。

険悪な雰囲気にならないうちにと、ワルターが仲裁に入って提案する。

「だったら罰ゲーム制にしないか。四回一セットにして、各セットごとに負けたやつが罰一回って、どう？」

「罰次第だな。シャレになる範囲でやるならいいが」

「それはもちろんだけど。最初から内容がわかっているのも緊張感がないし、こういう方法を取るのはどうかな」

ひとりあたり二枚の紙片を用意する。対象――今回は人名を一枚に書き、もう一枚に罰ゲームの行為を書く。

内容を予測できないようにするため、組になる人名の紙片と罰の紙片を別々に集めてシャッフルし、上から一枚ずつ取って組み合わせたものを封筒に入れる。

「何かのはずみに紙が飛んだりして、内容が見えちゃったら興醒めだろう？」

四回一セットが終わるごとに負けた人間が封筒を一通受け取り、全部なくなったところでカードをやめて紙片の内容を読む。

罰を実行した証拠として同行者がビデオ撮影をし、後日このメンバーでそれを見る。

最悪の場合、一人で四回罰ゲームをしなければならないが、他のものはエディの提案を採用した。


封筒は残り一通。

そして、一セット四回勝負のうち、ワルター・シュミットはすでに二回負けていた。

ルシファードとエディはすでに上がり、勝敗の行方を見守っている。

今回ワルターとビリ争いをしているラジェンドラはすでに一回負けているので、今度負けるとワルターと同数の二敗だった。

四回目の勝負に勝って引き分け、勝敗決定戦のカードめくりにも勝って罰ゲームを一度もせずに逃れるというのが、ワルターの理想だったが――。

「やだなー、ワルターってば。そんなムキになることないだろう。今日に限って負けず嫌いなのはいただけないなぁ。みんな丁度一セットずつ負けて、平等に罰ゲームをするほうが禍根（かこん）を残さないベストな結果だと思うけど。勿論、相手が違えば――」

「エディ。気が散るから黙って観戦してくれ。たとえ四分の一の確率でも、安心できない」

コーヒーを飲んでいたルシファードが、友人の冗舌を冷たく封じたワルターの言葉に疑問を抱く。

「なんの確率が四分の一？」

「おら、これでどうだ……っ！」

ラジェンドラが叩きつけるように手札を置き、鼻息荒く腕を組む。

彼は罰ゲームを二度やるかどうかの瀬戸際なので、こちらもかなり熱くなっていた。

ワルターの手からカードが落ちる。

「……負けた」

「よっしゃ！　これでみんな、恨みっこなし。罰ゲームを一度ずつやることになったワケだな。さぁ、中の紙を読もうぜ。どんな罰ゲームかは後程ビデオを見てのお楽しみってことで、各自黙って読めよ。——ワルター。ほら、お前ンだ」

晴れやかな笑顔でラジェンドラが封筒を押しやった。彼は運がからむ状況になると一番生き生きとする。

顔を強張(こわば)らせたワルターは、恐る恐る封筒に手を伸ばす。

早速内容を読んだエディが短く口笛を吹いて好色な笑いを浮かべ、ラジェンドラも似た表情でにやりと笑った。

四人の中で最初から一番テンションが低く、ポーカー・フェイスのルシファードは、紙片を一瞥してつまらなそうに中へ戻す。

ワルターはうかがっていた三人の反応から、最悪の事態を予想して顔面蒼白になる。

「うわぁん、ルーちゃんっ！　一生のお願いだ、俺と封筒を交換してくれっ！」

「中身を見てから言ったら？」

「ダメだぞ、ルシファァ！　おめえはいつもワルターに甘いが、そもそも罰ゲームの言い出しっぺはそいつだってコトを忘れるなよ」

「そーそー。ルールは守らなくちゃ。ズルできちゃったら罰ゲームの意味ないじゃん」

ソファに座る二人が釘を刺す。彼らは自分に科せられた罰に異存はないらしい。

「ともかく中身を読めよ」

「イヤだっ。恐ろしくて俺には読めないっ」

「大げさだなぁ。どれ――」

相手の手から封筒を抜き取った黒髪の男は、同輩二名から非難のまなざしを向けられながら紙片の一枚を取り出す。

しばし沈黙ののち、ぽつりとつぶやく。

「……誰だよ、コレ書いたの」

「ちっ。気になるじゃねえか。読めよ、ルシファード」

「『サラディン・アラムート』」

「ぎゃあああぁぁぁ――っっっ！」

ルシファード以外の三人が恐怖の悲鳴を上げた。

ルシファードは先程の疑問を思い出し、必死になっていた友人の態度に合点がいく。

「ああ。四分の一の確率とはコレのことだったのか」

「ワルター！　てめえ、この野郎っ！　お前かっ、お前が書いたのか。なんつーモンを入れやがるっ。ちったぁ人の迷惑を考えろっっっ！」

「だって、無難な相手じゃ罰ゲームにならないじゃないかっ！」

「バカ言うなよっ。罰ゲームのレベルを遙かに超えて、もはや命がけのロシアン・ルーレットじゃないかっ。一年分の給料を賭けたほうがまだマシだっ」

見苦しく言い争う三人をよそに、ルシファードは残りの紙片を読んで眉根を寄せる。

これは少々悩むところだった。

封筒を交換して自分が罰ゲームを実行した場合、別の意味で大変な危険が生じる。

「ルーちゃんっ。君の愛と友情に甘えて頼むっ！　封筒を取り替えてよぉーっ」

「愛はともかく友情はあるが、交換したところであんたにとっては、どっちもどっちだぜ。俺のを見てみろ」

ワルターは友人から手渡された封筒を開き、一枚目の紙に書かれた名前を見て頬を引きつらせたものの、無理に笑顔を作って言う。

「六対四で、こっちのほうがいいんじゃない？」

「二枚目を読んでから判断すれば」

　ワルターはぎゃっと叫んで封筒を突き返した。

「どっちも嫌だ――――っっっ！」

「二枚目はあんたのほうが、いくぶんマシだと思うが。一緒について行ってやるから、あきらめて指示書に従えよ」

「当然だ、バカ野郎。ドクター・サイコの名前を書いたのはワルターなんだから、てめえに当たったのは自業自得っつーもんだ。いいか、ルシファ。交換なんかしてやるんじゃねーぞ」

　最後の勝負でワルターに負けていたら、勝敗決定戦で自分にその罰が当たった可能性もあるだけに、怒ったラジェンドラの態度は強硬だった。

「そうだなぁ。俺は両方ワルターに当たればいいなと思って『メリッサ』と『キスをする』って書いたんだから、究極の罰ゲームとしてドクター・アラムートの名前を書いたワーくんのお願いをきくのは、ちょっと間違っている気もするよなぁ」

「そんなこと言わないでよっ！　ルーちゃん、ドクター・サイコと仲いいじゃないかっ。この程度ならシャレで流せるだろっ」

　すがりつく友人に対し、ルシファードは誤解を解く必要を感じる。

「あのな。ドクターとのつき合いは、千尋(せんじん)の谷に渡したロープの上を歩くようなモンだ。俺は確かにあの緊張感がすげえ好きだ。クセになっていると素直に認めもしよう。が、しかし。ロープから好んで足を踏み外すつもりはねーし、間違っても底知れぬ暗闇に身を委(ゆだ)ねたいだなんて思わねえ」

もっとも時々バンジー・ジャンプをやっちゃっているのだが、これは内緒。

さらにつけ加えて言った。

「そして、その行為がシャレかどうかを決めるのはドクターであって、あんたでも俺でもねーの。地球人のナントカってやつが『人間が深淵(しんえん)をのぞき込む時、深淵もまた人間を見つめていることを忘れてはならない』と言ったんだろう？　深淵を甘く見たら痛い目に遭うぞ」

ルシファードがサラディンと対峙した場合、ワルターたちとはまったく脅威の質が違うのだが、その点を伏せて語ってもズレは生じない。

あの美しく優雅で官能的な蓬萊人(ほうらいじん)に誘惑され、愛の深淵に沈んでしまったら、郊外庭付き一戸建て妻ひとり息子三人娘三人犬二匹猫一匹という夢の実現から永遠に遠ざかってしまう。

早くも半泣きのワルターだけでなく、いつのまにか真剣に聞き入っていたエディとラジェンドラが、大きく身を震わせ両手で自分の体を抱きしめる。

「……なんか急に寒気を覚えたよ。風邪ひいちゃったのかな」

「季節外れのホラーを聞かされたせいだろ」

数日後――。

今度は新年パーティの準備の邪魔になるからと家を追い出された男二人＋バツ2男＋小市民的幸福を夢見る独身男＝いつもの四人組が、再びルシファードの部屋に集まった。

今回は、二手に分かれて録画した罰ゲームの記録映像を持ち寄り、一同で鑑賞するのを主な目的としていた。

全員で見るため、パソコンと無線接続する簡易投影装置をテーブルに据える。投影する壁までの距離の測定等、すべて装置が自動で行なうため、使用者はただ記録ディスクをパソコンに入れるだけだった。

テーブルの上には、携帯端末から抜いた二枚の記録ディスクが載っている。

ルシファードがワルターに付き添った関係で、ラジェンドラとエディが組になった。

「どれを先に見る？」

「……俺としては、悪い知らせはできるだけあとに聞きたい」

そう言ったラジェンドラの視線は、逆向きに座ったイスの背をかかえ、うつろな目で虚空を見つめているワルターに向けられている。

エディが部屋の明かりを消し、装置のリモコンを手にしたルンファードが作動の開始ボタンを押す。

画面の中央に華やかな赤が躍った。

ボリュームのある大きな巻き毛も麗しいメリッサ・ラングレー大尉は、背後から撮影される気配を感じて振り返る。

『あらぁ、ラジにエディ。携帯端末を使った無断撮影は、基地内で禁じられているでしょ。ましてて通信中隊隊長の私に向けるなんて、どういうつもり？』

かつてラジェンドラには格調高い愛称が別にあったが、ルシファードがラジと短縮して呼び続けているうち、それが定着してしまった。もはや誰も前の愛称を覚えていない。

エディが進み出て、かくかくしかじかとカードの罰ゲームの説明をし、二枚の紙片が入った例の封筒を差し出す。

それを読んだメリッサは大笑いした。

ひとしきり笑ったのち、人差し指の先で目尻の涙をぬぐう。

この華やかな女性士官は、無意識の仕草になんとも女らしい色気がある。

『んもう、相変わらずのおバカさんたちねぇ。ルシファでなかったのは残念だけど、ラジのほうが安定感抜群だからかえっていいかもしれないわね。いいわよ。やってあげる』

どうやら説明したエディではなく、撮影者のラジェンドラの罰だったらしい。

確かに一見強面（こわもて）な浅黒い大男が迫るより、エディのほうがこういったバカバカしい事態の説明役に向いている。

彼の無意味な口数の多さに辟易(へきえき)した相手は、途中から話を聞き流すようになり、最後は適当に了解してしまう。

しかし、安定感とはなんだろうとルシファードが思っていると、どこかの執務室らしい殺風景な室内の映像に画面が切り替わった。

上着を脱いだラジェンドラが、どこから調達してきたのか一メートル五十センチほどの細いロープの端を結んで輪にしている。力を入れて引っ張り、結び目がほどけないことを確認した。

ここが屋外だったら首を吊るパフォーマンスかと思うところだったが、巨漢の大尉は首にかけたそれを口にくわえるとメリッサに説明した。

『ほれが、はぐらがはら』

やだなぁナニ言ってるのか、わかんないよーと画面の外にいる撮影係のエディが笑う。

ラジェンドラはロープをくわえたまま両膝を床につき、続いて両手も床につく。

「……ああ……」と、察したルシファードがうなずけば、同時にワルターもうめく。

「……うえっ。もしや……っ」

『おほほ……。それじゃぁ失礼するわね～』

ほがらかに笑ったメリッサが、ベンチに座るかのような気軽さでラジェンドラのワイシャツの背中に腰を下ろす。

「お馬さんごっこかいっっっ！」

ワルターのわめき声が、メリッサに向けたエディの言葉をかき消した。

『バランスが取れないから、ちゃんとまたがるわよ。ただ両脇のスリットを開くにしても、このスカートできれいに乗るのは難しいのよね』

そう言いながら、赤毛の女性士官は制服のロングタイトスカートの左磁気ファスナーをオフにする。左脇が大きく開いたので、体の向きを変えて右足で背中をまたぐ。

その途中で今度は右の磁気ファスナーをオフにして、自由になった右足を向こう側に回す。

ストッキングをはいた彼女の左足が、つけ根近くまでむき出しになった。

「あーっ、白いガーターだっっっ♡」

ルシファードとこの時は馬になっていたため見えなかったラジェンドラが、いともうれしげな声で異口同音に叫ぶ。

血相を変えたワルターが立ち上がり、投影装置のリモコンに手を伸ばしたが、一瞬早かったルシファードがそれを横からさらった。

間髪を入れずラジェンドラがワルターを捕らえ、背後からはがいじめにする。

実に息の合った男の連携プレーだった。

元亭主拘束に加わらなかったエディは、へらへらと笑って感想を言う。

「白いレースのガーターって一見清楚なんだけど、身につける女性次第でエロチックな感じがするんだよねー」

「見るな見るな見るなーっっっ！　見たら殺すぅーっ！」

「うるせえ。あんないい女を捨てやがった元亭主の分際で、偉そうに指図する権利はねえ」

「ラジの言う通りだよ。くやしかったら、がんばってメリッサと再婚しようねー」

『スカートだとこうなっちゃうから、カッコ悪いのよねぇ』

　メリッサは足のあいだに長く残ったスカートの布を、あまりシワにならない程度の幅に手早く折りたたんだ。

『さて、お待たせ。ハイヨー、出発～』

　手綱代わりのロープをにぎって、笑いながらラジェンドラに号令をかける。

　室内一周のお馬さんごっこを陽気に楽しむ女友達の姿を見ながら、ルシファードは複雑な心境だった。

　――俺じゃなくて残念って……。

　二児の父で巨漢のモース大尉だから笑って見ていられるが、馬の担当がルシファードの場合は別なプレイになってしまうのではなかろうか。

　なかなか終わらない映像にいらだったワルターが、口の端を歪めて言った。

「ラジだと馬って言うより熊だよな。それより河馬のほうがピッタリか。お河馬さんごっこ」

「ンだと、こらぁ～。くだらねぇヤキモチ焼きやがるなら、おめえだってメリッサの名前を書きゃあよかったじゃねーか！」

「そーだそーだ。それなのによりにもよってドクター・サイコの名前を書くなんて、もはや正気を疑うレベルだよ。そんな呪いのカードが自分に当たっちゃったのはある意味当然だと思うね。人を呪わば穴二つって言葉知っているかい？」

「こらこら、よい子たち。ケンカはおやめ。罰ゲームはシャレでやるのがお約束でしょ？　とりあえずラジがちゃんと罰を実行したという確認は取ったし、早送りしてエディの罰にするから、ワーくんも機嫌を直せよ」

ルシファードが仲裁に入る。

河馬呼ばわりされて向かっ腹を立てたラジェンドラが不満顔で下唇を突き出す。

「お前、本当にワルターに甘いぞ」

「ワーくん繊細なんだもん、許してやれよ。それよりメリッサが楽しそうでよかったな。家でも娘たちとああやって遊んでやるんだろう？　本当に家族思いのいいパパだよな」

友人を見上げたルシファードが優しく言って微笑(ほほえ)みかけた。

「あ……ああ、まぁな」

――どーしてそこで赤くなる、ラジェンドラ・モース。

赤面して照れ笑いをする巨漢をワルターとエディが横目で見遣る。

「さて、次のエディは――げっ。相手はライラなのかよっ！」

画面に映った自分の副官の姿にルシファードがのけぞった。

早くも逃げ腰なのは否めない。

その表情としなやかな身ごなしが黒猫を思わせるライラ・キムは、怒らせると残忍苛烈な黒豹に変身することを彼は誰よりもよく知っている。

『あら。こんにちは、マーカム大尉殿にモース大尉殿。いつもウチの上官がお世話になっています。携帯端末でいきなり撮影中とは珍しい。私になんの御用ですか？』

愛想よくあいさつしたライラに、エディはかくかくしかじかと罰ゲームの説明をする。

にこやかに聞いていた彼女は短く感想を述べた。

『まぁ、アタマ悪』

『ったくだよなー、ガッハッハ！』

撮影係のラジェンドラの豪快な笑い声が入る。

映像を見ている今も、エディと彼が声を合わせて笑った。

笑顔の裏にある彼女の辛辣な考えが読める上官と、女心を敏感に察する繊細なプレイボーイの二人は、やや青ざめて心臓のあたりを片手で押さえる。

『――ということでーこれから貴女にやる大変失礼な行為はその罰ゲームなんですけどー本当に本当に申しわけないっっっ。前もって深く深くおわび申し上げますっ！　ごめんなさいっ』

エディは何度も懸命に謝りながら右手を前に突き出した。

「うわっ」

「あぅ……」

「ギャハハハ……！　このバカ、勢いあまって鷲掴みにしてやんのー」

　女性の胸をいきなり触るという暴挙にワルターは驚愕し、すでに次の展開が予想できる黒髪の上官は悲鳴に似たうめき声を上げ、このあと起こった出来事を知っているはずなのに何故かラジェンドラは平然と笑っている。

　軽く目尻の吊り上がった黒目がちのライラの目が、暴挙の瞬間に大きく見開かれたのち半眼に変わった。

　風を切る音。

『がはっ♡』

　痛烈なストレート・パンチを左顔面に受けたエディの体が大きくよろめく。

　素早く歩を踏み出した彼女はその胸倉をつかみ、二往復ビンタを喰らわせる。

『あっ♡　あっ♡　あっ♡　あっ♡』

　ライラは言語道断な無礼者の体を突き飛ばし、床にうつぶせに倒れ込んだ背中を靴のかかとで踏みにじった。

『ゲームだからセクハラしても許されるだなどと、よもや思っていないでしょうね。二度とこんな真似ができないよう、その体に思い知らせてやるわ、大バカくず男が……っ！』

『あああぁ～……っ♡』

「あわわ、ヒールに全体重乗っちゃってるよっ。肩胛骨のあいだに入ってるって……」

うろたえるワルター。

正視に耐えず顔をそむけたルシファードの耳に否応なく聞こえる副官の罵声と鈍い音。

『さぁ、立ちなさい。立つのよ、このクソ×××ッ！』

『あぐ……っ♡』

ドグッだのボゴッだのというくぐもった打擲音に混ざって聞こえるエディの悲鳴は、気のせいか嬉しそうだった。

時折短くののしる女性士官によって、このあとも殴る蹴るの大暴行が続く。

たまりかねたワルターが隣の友人の手からリモコンを奪い、上映を中止した。

「なんで止めないんだよ、ラジェンドラッ。下手したら骨折しているぞっ」

「したぜ、肋骨二本単純骨折。だけど、最初に何があっても止めるなってエディが言ったんだぜ。最後まで妙に嬉しそうだったから、そうか、こいつの趣味なんだって……」

「期待以上だったよ、彼女～♡　手加減なしで最高だったな。残念なのは彼女の靴がピンヒールじゃなかったことだけど。制服との兼ね合いだと仕方ないかな。それにしてもあんな容赦のない副官といつも一緒で、君がうらやましいよ、ルシファ」

ワルターが犬のフンでも踏んでしまったような顔をして、おそらくまだギプスをしているだろうエディを見る。

ルシファードは力なく答えた。

「……いや。俺とライラの力関係だと、あらぬところをさわられるのは俺のほうだし、これでも一応あいつをここまで怒らせないように努（つと）めているし……」

「他人の性的嗜好（しこう）を無粋に云々（うんぬん）する気はないけどさ。……今度から君の奥方を見る目がちょっと変わりそうだよ」

実感のこもったワルターの言葉は、ほかの二人の偽（いつわ）らざる気持ちでもあった。

一男一女の母でもあるマーカム夫人は、冗舌な夫の言葉を最後まで辛抱強く聞いている、控えめな印象のぽっちゃりした小柄な女性だった。

手芸が趣味という話で、掃除の行き届いた家の中には手作りの小物があふれている。普通の男が理想とする妻のように思えた。

身長百八十センチの精悍（せいかん）な女性士官であるライラとは、まったくタイプが異なる。それなのに中身が似ているのだとしたら――。

人の心の深淵は予想以上に深い。

「次行こうぜ、次！　ワルターのほうが先だったら嫌だけどなっ」

「申しわけないけど、君の言う嫌なほうが先だよ……」

恐ろしい想像に陥（おちい）る前に仕切り直そうと考えたラジェンドラが、せっかく明るい調子で声を張り上げたというのに、応じたワルターのうつろな声が彼の配慮を台無しにした。

ルシファードも記録ディスクを交換しながら言う。

「俺たちの組の罰ゲームは、みんなで見たところで全然楽しい気分にはならねえぞ。上映会はもうやめて飲み会にするか？」

「んー。なんだかとっても心魅かれる提案ではあるけど、やっぱり公平でないと罰ゲームのイミないと思うから、どんな恐ろしい映像でもできる限り最後まで見ようよ。結構見る人間によって感じ方って違うもんだよ。ホラ、他人事だと笑える災難ってあるじゃないか。もっともこうなってくると誰にとっての罰ゲームなのかって感じ？　あははは……」

少なくとも現在友人たちのいやーんな気分の元凶である男が、悪びれもせず早口でまくしたてて笑う。

「ま、エディの言うことも一理あるよな。んじゃ、ワルターの罰ゲーム編スタート」

撮影者だったルシファードが、気乗りのしない調子で開始を告げ、取り戻したリモコンのボタンを押した。

『小人閑居(しょうじんかんきょ)して不善をなすと言いますが、そんなくだらないことに協力させるため、わざわざ私を訪ねてきたわけですか。うらやましいほど暇ですね』

「ぎゃっ！」

それなりに心の準備をしたつもりだった三人だが、最初に目に飛び込んできた外科医の映像に悲鳴を上げた。

肩より少し長く伸ばしたくせのない青緑色の髪、フレームレスの眼鏡の奥にある縦長の瞳孔の双眸。淡い真珠色の光沢を帯びた白い肌。

一目見て明らかに地球人とは種族が違うとわかる容姿の彼は、ルシファードに優るとも劣らない超絶美形だったが、地球人は彼を本能的に恐れてやまない。

文字通り戦慄の美貌が、軽く眉宇をひそめ手厳しい皮肉を言う。

ドクター・サイコとあだ名される軍病院の外科主任は白衣姿で、まだ勤務中らしい。

ただし、撮影している廊下に人の気配はなく、野次馬の注目を集める入院病棟を避けたルシファードの配慮がうかがえた。

『まったくお言葉ごもっとも。反論の余地はないが、そこを曲げて頼む。今度食べ物を大量に差し入れするから』

『それでは多少保存に融通がきくものにして下さいね』

『心得ております、ドクター』

二人の会話はごく自然で、彼らが親しいというワルターの話を裏付けた。

ドクター・サイコが食べ物で懐柔される光景を意外な思いで見ていたラジェンドラたちだったが、続く会話に凍りつく。

『それで、シュミット大尉は私に対して具体的にどのような行為に及ぶことを、罰として科せられているわけですか？』

『えー……えーと、大したことじゃねえんだ。ほんの一、二秒ですむよ。チョロッとやらせてくれればいいから』

『お言いなさい、ルシファード・オスカーシュタイン』

宇宙軍の英雄もたじろがせる静かな口調の迫力。

「……こ、こえぇ……怖すぎる……」と、ラジェンドラが胸を押さえてうめく。

画面の外にいるルシファードも降参した。

『あんたのお尻に触ってくること』

ラジェンドラとエディがまた恐怖の悲鳴を上げ、半泣きでわめきたてる。

「誰だっ！　どいつだよ、相手のケツを撫でろなんて書いた奴はよっ！」

「俺だけど……っ！　でも一緒に書いた名前はキム中尉だったんだから、この問題に全然責任ないからなっ。お尻を撫でるのも胸も触るのも、相手がキム中尉だったら同じだろっ。ドクター・サイコの名前を書いたのはワルター自身だろっ」

エディ・マーカムの弁明は正しい。相手がライラなら、触ったのが胸ではなくお尻であっても半殺しの結果は変わらないだろう。

彼の主張する通り、今回の脅威の原因は目的語に入る相手の名前に他ならない。

そして、サラディンの名前を書いたのはワルターなのだった。誰に尋ねても、間違いなく自業自得と断定される。

罰の内容を聞いた外科医は、冷たい目をしたままゆっくりと笑いの形に唇の端を吊り上げ、低くつぶやく。

『ほう。私の大臀筋(だいでんきん)に任意で接触させろと？』

『あ、あのー……もっと気軽に考えてくれないかなー。白衣の上からポンッてさぁ』

『この私にホモ・セクハラをしようと？』

画面が横に移動し、今にも失神しそうに立っている顔面蒼白なワルターを映し出す。

撮影者のルシファードが友人に向き直ったらしい。

『ダメだ、ワーくん。あきらめようぜ。ドクター、ムチャクチャ怒ってる。何か別のことで穴埋めにしてくれって、ラジたちに俺からも頼んでやるよ』

相変わらず面倒見のいい友人の提案に、多少生気を取り戻したワルターが、ガクガクと人形めいた動きでうなずく。

だが、フレームの外から声がかかった。

『お待ちなさい。やらせないとは言っていませんよ。その代わり、私を楽しませてもらいましょうか』

『楽しませるって？』

『私の体を娯楽に使うわけですから、そちらの体も私の娯楽に使わせていただきます』

『娯楽って……わっ！　ドクター、鍼(はり)打ったなっ！』

珍しく狼狽したルシファードの声。

画面に外科主任が入ってくると、おびえて身をすくませているワルターに歩み寄り、その手首をおもむろに摑んだ。

その手を自分の背後に導いて軽く接触させる。先程黒髪の大尉が言った通り、触るというより叩くような行為に近い。

『シュミット大尉。これであなたの課題はクリアされました。今度は私につき合ってもらいますよ。大丈夫、痛くしませんから』

不穏に微笑む美貌の外科医に必死でかぶりを振り、拒絶の意思表示をするワルター。

しかし、当然ながらサラディンは、彼の意志など尊重する気はない。

医師の手にはいつの間に取り出したのか、十五センチはある長い鍼が数本にぎられていた。

一方の端がコイル状になっているそれの一本を右手に持ち替え、素早くワルターの後頭部に打ち込む。次に背中、腰のあたりへとすべての鍼を打つまで数秒もかからなかった。

ワルターの手足がギクシャクと動き出し、その場で足踏みを始める。

『あわわわわ。手足が勝手に動くっ！　助けてくれ、ルシファ！』

『ドクター、ワルターをどうするつもりだ』

『少し鍼の効果を試してみたいツボがありましてね。シュミット大尉は丁度いい被験体になります。さほどお時間は取らせませんよ』

『時間の問題じゃ……』

どうやら動けないらしいルシファードの体に手をかけたサラディンは、撮影し続ける彼の体ごと向きを変えさせた。

廊下の突き当たりにある部屋の扉が、画面の中央に映る。

その光景にかぶって、外科医の白い手に抜き取られるスクリーングラス。

『ついでですから、ここで最後まで撮影していてください。それまでこれは預かっておきましょう。――さあ、行きましょうか、シュミット大尉』

『ひぃぃ～、嫌だよーっっっ。助けて、ルシファ～』

足踏みをしていたワルターが、サラディンとともに奥の部屋に向かって歩き出す。

ドアの前で医師が鍼を打つと再び足踏みが始まり、そのあいだにロックを解除した医師は鍼を抜いて、またワルターを歩かせる。

『やめてくれ、ドクター。マジでワルターが壊れるって……っ！』

制止の声も無視されたルシファードは、閉まったドアにうなり声を上げた。

『××っ。早く助け出さねーとワーくんが精神科のお世話になりかねねーぞっ。……うー、くそ。一体どこに鍼を刺したん――よし、ここか！』

動けない体でどうやって鍼を探し出し抜くことが出来たのか謎だったが、ともかく体の自由を取り戻したルシファードが、友人の救出に走る。

強い危機感のあまり、撮影スイッチを切るのを忘れたらしい。映った床が走る動きに合わせて激しくブレる。

それが一層切迫感をあおる演出になったのか、観客席から応援の声が上がった。

「行け行け、ルシファードッ！」

「がんばれっ、根性だっ。早くドクター・サイコから仲間を奪還しろっ」

「ああぁ、可哀想にっ。どうなっちゃうんだ、ワルターはっ！」

無事救出されて、すぐそばのイスに居心地悪そうなようすで座っています。

指紋と静脈認証システム・ロックのドアをせわしなく拳で乱打し、ルシファードは叫んだ。

『ドクター・アラムート！　ワルターを返してくれ。頼む！』

『すぐに済みますから、大人しくそこで待っていなさい』

自由になった相手に驚きもせず、外科主任はインターフォン越しに拒否する。

『……今のは、ドアをブチ壊す許可が出たと受け取っていいんだな？』

まぎれもなく本気の低い声。

ドクター・サイコを恫喝（どうかつ）する勇敢さに男たちが悶（もだ）える。

「あー、カッコいいーっっっ。シビレるぅ」

「オレが女だったら間違いなく惚れてるぜ、ちくしょう！」

ラジ子ちゃんに惚れられても困るルシファードだった。

超A級念動力者（サイキック）が力を行使したらどうなるか、その目で見て知っているサラディンは、あっさり白旗を掲げ病院における自分の根城を開城する。

『病院施設の破壊はお断りいたします。わかりました。あなたの友情に免じて、私を娯楽に使用した大尉の不心得は許しましょう。――今開けます』

『ワルター……っ！』

開いたドアから飛び込んだルシファードは、主任室の主人には目もくれず、床にへたり込んでいた友人のもとへ駆け寄る。

短い時間で上着を脱がされ、ネクタイもはずされていたワルターが、一気に憔悴（しょうすい）した表情でのろのろと顔を上げた。

『…………――っっっ！』

『もう大丈夫だ。俺が来たからには、ドクターに指一本さわらせねえ』

『……っ！　……っ！　……～っ！』

『ああ、よしよし。とっても怖かったんだな。安心していいぞ』

言葉にならない恐怖を訴えてすがりつき、しがみつく友人を広い胸に抱きしめ、白馬の騎士は優しくなだめる。

録画された映像に人の姿はなく、作業台らしき物の一部が映っていたが、一緒に録音された音声によって、その場の情景は簡単に想像がつく。

邪悪な魔法の生け贄にされる寸前のワルター姫を救い出したルシファード王子に、白衣の黒魔道士ダーク・サラディンが指摘する。

『大尉。携帯端末の録画スイッチが入ったままですよ』

『あ、いけねえ。切り忘れた。今更だから、もういいか』と、言いながらルシファードは手にした携帯端末をかたわらの作業台に立てて置いた。

それによって、彼が茫然自失の友人に制服の上着を着せ掛け、世話をしている光景が映る。

『どうせなら、今の一部始終もきちんと撮ればよろしかったのに。感動的なシーンが録れたことでしょう』

『もう罰は実行したから――ドクター、手に持ったままのネクタイを返してくれよ。これでワルターの手を縛るつもりだったのか？』

『いいえ、足です。鍼を打つときに暴れられると厄介ですから。異性を見ても性的欲求が生じなくなるツボを見つけたのですが、効力がどのくらいの期間続くのかわからないのです。一日か一ヵ月か、一生か。その点において、有名なプレイボーイのシュミット大尉は最適な被験体でしょう？』

『いや、ドクター。そーゆー実験はダメだって。効力が一生だったら責任取れないでしょ。それにワルターは心を入れ替えてプレイボーイは返上したんだ。もう被検体には向いてないよ』

二人のやり取りを聞くエディとラジェンドラも、思い切り首を縦に振って同意する。

『あなたは淡泊過ぎて効いているのかいないのか、判別できませんしねぇ』

『でっけえお世話だ。つか、いくら淡泊な俺だって、一生ムラッとこねえ人生なんぞごめんだぜ。そーゆー実験は都市警察のウンセット部長に頼んで、近所の子供に手を出したロリコン変態クソ野郎とか連続婦女暴行犯を提供してもらえよ』

この二人のあいだに犯罪者の人権という単語は存在しない。

『なるほど妙案ですね。早速部長に連絡を取りましょう』

『それじゃ、俺たちは帰らせてもらう。罰ゲームのご協力感謝いたします、ドクター』

ずっと撮影を続けている携帯端末を取り上げて、主任室を出ていこうとする男の背中に声がかけられた。

『お待ちなさい。ゲームに協力した代償をまだ頂いていませんよ』

『……もう嫌だぁっ！　たくさんだぁっ』

いきなり叫んだワルターがルシファードを突き飛ばし、ひとりで部屋から走って逃げ出す。

助けた友人から置き去りにされたルシファードの呆然とした心情を物語るかのように、携帯端末は前方で閉ざされた外科主任室の扉を映し続けた。

そして、ため息混じりのつぶやき。

『……愛どころか、友情もない仕打ちだと思うぞ、ワーくん』

少し哀愁を漂わせる彼の背後で、くすくすと笑うものがいる。

優しげなその笑い声が、暗い部屋で映像を見ている男たちの背中に今まで体験したこともないほど強い悪寒を走らせた。

『残ったあなたが代償を払ってくださるわけですか。結構ですよ。この部屋は防音設備も万全ですし、多少騒いだところで誰にも聞こえません。一緒に楽しいひとときを過ごしましょうね……オスカーシュタイン大尉』

撮影者のすぐうしろから伸ばされた外科医の白い手。

長く真っ直ぐな指が大写しになり——そして、録画スイッチが切られて暗転。

外科主任室では、あなたの悲鳴は誰にも聞こえない。

ルシファードが休憩を宣言するより早く、エディが部屋の照明をつけた。

泣きそうな顔で巨漢が身を震わせる。

「……こっ……怖すぎるっ！　こんなおっかねえホラー映画見たのは初めてだ。ちびるかと思ったぜっ」

「払った映画代がもったいないからって、席を立つのを我慢するのはよくないよな。記憶に焼きついたせいで、怖い夢を見たりするほうがよっぽど損だ」

「必死に自分をだまそうとしているところを悪いが、軍人たるもの潔く現実は直視しろ。これは映画じゃねーし、実話をもとにした再現映像でもない。まぎれもなく事実百パーセントだ」

自分がした苦労を現実逃避でスルーされてはたまらない。

「ホラー映画じゃないんだったら、どーして惨殺された犠牲者が俺たちの目の前に座っているんだよぅ！　スプラッター映画もゾンビ映画も俺は嫌いだっ」

「誰が惨殺の犠牲者だ、こら。ちょっとヤバめなバンジー・ジャンプをしちまったけれど、なんとかこうして深淵から生還してきました。——その深淵には、ワルターが踏み倒したツケをきっちり払わされましたよ」

「そうだ、ワルターだ！　この裏切り野郎がっ。てめえは最低だ！　ルシファの恩を何度仇で返しやがったか、数えてみろっ」

ラジェンドラの罵倒にエディも加わる。

「よくもあんな人でなしの真似が友達にできたよな。ルシファはなんとか自力で脱出できたからいいものを、戻ってこれなかったらどうするんだ。弱虫意気地なし卑怯者」

こちらとて言い分はあるのだが、残酷なまでに明確な事実を映像として突きつけられてしまった以上、ワルターは逆ギレするしかない。

「そこまで責めるんだったら、あの時の俺と代わってみろよっ！　自分があんなことになったら、お前らだって同じことをしただろうが。俺をののしる資格がある奴は、ドクター・サイコが怖くない奴だけだ！」

主は言った。この中で罪のないものだけが、あの女に石を投げなさいと。

ルシファードは険悪になった友人たちの言い争いに割って入る。

「だからケンカはよせって。済んだことでワルターを責めたってしょうがねえだろ。俺は全然根に持ってないし、怖いのを我慢して精一杯ワーくんも頑張ったと思うぞ」

「いい奴過ぎるぞ、ルシファード！　どーしてそこまで、このヘタレ女たらしをかばってやる必要があるっ」

「そーだそーだ、甘やかすのも程があるぞ。だからよけい根性なしになるんだっ」

今度は自分に非難の矛先が向けられた男は、困った奴らだなぁとばかりに苦笑いし、穏やかにさとす。

「ワルターばかりじゃねえよ。これがラジでもエディでも俺は付き添ったぞ。それが甘いって言うなら、俺はお前ら全員に甘い。そーゆーモンだろ、友達って。んん？」

「えー……あー、そうか。そうだよな、わはは……」

理不尽な怒りが静まった二人は、急に気恥ずかしさがこみ上げた。

まるで自分たちがルシファードに対し、ワルターばかりをえこひいきするなと文句をつけたような気がしてくる。

「なんでそこで真っ赤になるんだよ、二人とも」と、丸く収まったはずなのに不機嫌な面持ちのワルター。

「うるせえ。大人げない自分の言動を振り返って反省しているところだ。俺のほうが年上で所帯持ちなのに、これじゃマズイとな」

「そーそー。この中でルシファが一番若いっていうのにさぁ。俺たち貫禄でも包容力でも負けてない？」

意外にも一番童顔で落ち着きがなく、すぐ大騒ぎをするエディ・マーカムが最年長の三十三歳で、次にくるワルターが三十一になったばかり。体が大きければ態度も大きいラジェンドラが二十九歳。

そして、最年少のルシファードは二十七歳だった。

最年少の彼は席を立ち飲料ディスペンサーに向かいながら、エディの評価を否定する。

「育った環境が違えば歳なんぞ大して意味はねーよ。——みんなコーヒーでいいな？」

「あ、手伝う手伝う」

腰の軽いワルターが、言葉より早く黒髪の友人のあとを追った。

短命種の地球人は、わずかな年齢の違いにもこだわる。

九十一歳で自分と変わらない外見の父親がいるルシファードは、成人してから地球人のようにわずかな年齢差を具体的にどうと実感できない。

オリビエ・オスカーシュタインとフリーダム・マリリアード・ゼロ。

あの二人を両親に持って十人並みに育つほうが、奇跡と言える。

両親と一緒に暮らした惑星・瑠璃(るり)宮を六歳で離れて士官学校に入るまでの九年間、個人用宇宙船で母親に色々なことを教えられながら賞金稼ぎをしていた。

十五の時には母親と共に、その世界で名の知られた賞金稼ぎだったルシファードにとって、高い戦闘能力と危機管理能力はあって当然。加えて超A級超能力者。

どんな事態にも即応できるゆえの落ち着きと優秀な頭脳、それと相反する著しく劣ったコミュニケーション能力が悪目立ちしたのだろう。

任官したばかりの頃から、ずっと上官たちに傲慢だ、ふてぶてしいと言われ続けた。

任務で功績を挙げるに従い、無理難題の命令はともかく、あからさまに生存不可能な任務を命じられたこともあったが、ライラ共々無事に切り抜けて今日に至る。

銀河連邦宇宙軍に籍をおいて九年。

行動範囲の限られる戦艦勤務の上に転任が多かったこともあり、同性の友人たちと他愛ない悪ふざけに興じるのは士官学校時代以来だった。

ライラは気心の知れた親友だが、互いに趣味も異なる異性とプライベートまで一緒に過ごそうとは思わない。

〝相変わらずのおバカさんたちねぇ〟

メリッサはそう言って笑ったが、出撃命令も陰謀もなく真の平和が訪れたカーマイン基地だからこそ、男たちは安心してバカをやっていられる。

こういう時間は結構楽しい。

「ところでさ、ルシファはどうやってドクター・サイコの魔の手から逃れたんだい？」

最年長のくせにワルターの半分も繊細さのないエディの無神経爆弾が炸裂した――。

ルシファードが手にする携帯端末の録画スイッチを切ったサラディンは、彼からそれを取り上げて、部屋の中央にある作業台の上に戻す。

「いかがでしょう？　編集なしでも、なかなか楽しめる映像になったのではありませんか？」

「撮影にご協力感謝いたします――と、言いたいところだが、ワルターのことを考えると少々やりすぎだぜ、ドクター」

「ならば私の名前を紙に書かねばよかったのです。シュミット大尉ごとき若輩者にナメられる覚えはありません」

どんな美女も顔色を失うほどの神秘的かつ貴族的な美貌に似合わず、二百二十七歳の外科医は男らしい武闘派だった。

「やっぱり俺の封筒と交換してやればよかったかなぁ」

「相手があなたでしたら、心行くまで触らせてあげますよ」

「いえ、結構です。俺はあんたの綺麗な顔が大好きだけど、首から下にはまったく興味ありませんから」

「おや。……見もせずにそういうことを言いますか？」

さすがの鈍感男も、わずかな間の中に極めて妖しい含みを持たせた今の発言には反応した。

サラディンのそばから一歩飛びすさる。

「一生お目にかからなくても――もとい、一生目にする機会がなくて全然構いませんっ。むしろ、そっち希望！」

「私はあなたの裸体に大変関心があります。――広頚筋、大胸筋、腹直筋、外腹斜筋……」

一歩進んで距離を詰めた外科医は、右手を伸ばすと相手の喉から胸、腹から脇腹と手のひらで撫で下ろしていく。

服の上から裸を想像するのは普通だが、皮膚まで通り越して筋肉に萌えられてしまうのは複雑な気分だった。

サラディンの場合、筋肉の下の内臓やさらに奥の骨も愛でる趣味がある。骨まで愛するというのは熱烈な口説き文句のはずなのに、文字通り骨そのものに愛がある彼の言動は淡々として、ほんのりホラー・テイストだった。

外科医の白い手は太ももの外側から内側へと移動する。

「外側広筋、大腿直筋、中間広筋、内側広筋――」

「ああ、だから大腿四頭筋って言うのか」

「そうです」

「ところで俺、解剖学の講義を受けているのでしょうか。それとも口説かれているのか、脅されているのか……判別できません」

「人間の精神は、恐怖による心拍数の上昇を性的興奮による心拍数の上昇と混同しやすいという実験データがあります」

ルシファードも聞いたことがあった。生命の危険をともなう状況下で、一緒に行動した男女は恋に堕ちやすいという話だ。

「実験結果自体はわからないでもないが、くすぐったいだけじゃ心拍数は上昇しねえよ」

「うむ。淡泊な人間はやりにくいですね」

「これで興奮するほうが特殊な趣味の持ち主だって。そもそもドクターは解剖している最中に興奮するのか？」

解剖好きの外科部長は心外とばかりに顔をしかめる。

「楽しいとは思いますが、そんな変態ではありません。死体愛好者(ネクロフィリア)ではあるまいに。あなたの筋肉や骨格を想像すると、その美しさに陶酔感を覚えるだけです」

目の前の深淵は深過ぎて、ほんの浅瀬にさえ足をとられて尻もちをつくような子供レベルの男には理解できない。

だが、危険と神秘に満ちた深淵だからこそ、好奇心の強い子供は惹きつけられる。

こうして懲(こ)りもせず、現実という岩盤に足場を打ち込んで、理性の強化ゴム・ロープを片足にくくりつけ、バンジー・ジャンプをくり返すわけなのだが――。

「ところで罰ゲームに協力していただいた代償のことなんですが……」

――現実認識の岩盤よーし。理性の強化ゴム・ロープよーし。勇気と覚悟の足の装着器具よーし。以上、深淵対策三点指差し安全点検よーし。

「あなたの場合はどうしましょうねえ。今のところほかに試してみたいツボもありませんし、お茶でも飲みながら話し合いで決めましょうか」

何を報酬にすると面白いだろうと考えながら、サラディンが背を向ける。

相手が油断したところを見計らって――ジャーンプ！

ルシファードは両手を伸ばし、背後からサラディンの体を抱きしめると、右手で顎を摑んで上向かせた。

「大……んッ！」

驚く声が肩越しのキスで途切れる。

突然の暴挙に驚いただろうが、抵抗はなかった。

警戒にこわばった体からすぐに力が抜けて左手が上がり、うしろに立つルシファードの首に回される。

頭が引き寄せられて、口づけがより深くなった。

よほど体調の悪い時でなければ酒に酔ったことのないルシファードだったが、蓬莱人とのキスは最高級の酒より繊細で舌ざわりがよく、すぐに酩酊状態に陥るほど濃厚で、味わう端から渇いて求めずにいられない。

加えて純度の高い麻薬のように強い習慣性がある——が、そこは気合を入れた強化ゴム・ロープで現実にカム・バック。

唇を離すと、見上げる琥珀色(こはくいろ)の双眸(そうぼう)が楽しそうに笑っていた。

日頃淡泊で鈍感な男にしては珍しくシャレた代償を支払うものだと、明らかに余裕で面白がっている。

だが、これ以上の長居は危険だと今までの経験と本能から察知した黒髪の大尉は、当初の予定通り素早く医師から離れると、携帯端末を鷲摑みにして一目散に扉へと走った。

「それじゃ、これでっ！」

「忘れ物ですよ、大尉」

「はうわっ！」

ルシファードは唯一の脱出経路であるドアを目前にして足を止め、恐る恐る振り返る。にこやかに笑う白衣の男の手にスクリーン・グラスがあった。

「げっ！」

反射的に顔を押さえる。すっかり失念していた。

サラディンはニコニコしながら、手にしたものを軽く左右に振って言う。

「素顔でお帰りになるのでしたら、この次お会いする時までこちらでお預かりしますが？」

意地悪する時のなんて楽しそうな笑顔。

綺麗な男に憎たらしいことをされると、怒りも妙に倒錯的な方向に歪む。

タッチ・アンド・ゴーは無残に失敗。思わずため息が出る。

「心拍数が上昇してきました」

「おや、恋のときめきですか？」

「すげえヤバイことになったという危機感のせいです。ちゃんと自覚してますから、間抜けな錯覚に陥る心配のないことだけが救いですね。……気休めにもなりませんけど」

逃走を断念して戻る足が重い。

「飲食代金を踏み倒す食い逃げという行為は知っていますが、代金を支払って逃げる払い逃げは寡聞(かぶん)にして知りません」

「こーゆー場合はやり逃げって言うんじゃありませんか？」

「やり逃げですか？　ふむ、やり逃げ……なにやら猥雑で心躍る響きがありますね」

そんな感慨深げに言われても。

「あなたにしては上出来だったと褒めてあげましょう。詰めが甘かったことは否めませんが」

外科医は、露骨に不本意だと態度で訴えつつ戻って来た男から再度携帯端末を取り上げ、戦利品のスクリーン・グラスと共に作業台へ置いた。

一応、すぐ手の届かない位置であることを確認しながら、窓から入る紫外線防御のための眼鏡を外す。最初から度の入っていない眼鏡は、かけなくてもまったく支障はない。

「少し多かったようですから、おつりを返します」

受け取り拒否を許されない大尉が低くうめく。

サラディンは自分を見下ろす男の長い黒髪に指をからめ、ささやいた。

「あなたの髪は長いほうがいい。たてがみのように髪をなびかせている野性的な姿は大変私の好みです。……もっともあなたなら何をしていても、美しい絵になってしまいますが」

「存在自体が耽美なドクターから過分なお褒めの言葉をいただいて恐縮だが、戦場で汗だの泥だのオイルまみれだったりする俺を見たら、即座に発言撤回するぜ」

「そんなことはありえませんよ。助けに来てくださった時、目の前に立った血まみれのあなたの姿は気高くて美しかった。あの時の私の気持ちは、感動などというなまやさしい言葉では表現できません」

そう、彼はまるで神聖な宗教の儀式のように、まだ脈動する心臓を差し出した——。

ロングコートも含め全身黒ずくめの姿であらわれた彼は、乱れた黒髪もいつもの艶を失い、白いほこりにまみれていた。

切り裂かれ焼け焦げ、銃弾のあとも残る服が、壮絶な戦いの果てにここへたどりついたことを物語る。

絶世の美貌に虹彩が黄金一色に変化した両眼が炯々と輝き、異形の存在と化していた。

〝お前は彼を辱めた。楽に死ねると思うな……〟

冷ややかなルシファードの声。

おのれの血の海になった床を這って逃げようとする女傭兵を捕まえ、彼は迷うことなくナイフで解体し、生きながら素手で心臓を摑み出した。

それを可動式の実験台に拘束され動けないサラディンに掲げ、断罪者の口調で告げる。

〝見るがいい、ドクター。あんたに恥辱を与えたあの女の罪をこの心臓で贖わせる〟

眉一筋動かさずに恐るべき握力でにぎり潰した。

銀河連邦宇宙軍情報部に所属する破壊工作員〝メサイア〟——死こそは絶対の救い。

カーマイン基地でマッチョな部下たちを愉快に罵倒する男のもう一つの顔は、情熱も憎悪もなく、ただ破壊と殺戮をもたらす冷めた戦闘機械だった。

サラディンは恐怖と陶酔で鳥肌が立つのを感じた。

体を貫いた官能的な戦慄……なんと甘美な瞬間だったことか——。

自分を見上げてうっとりと追体験するサラディンの気も知らず、ロマンチックのかけらもない男は現実的な分析を披露する。

「同じようなことを他人にやってきたあの変態女には、あれくらいやって丁度だぜ。それに被害者のドクターの性格からしても、復讐は何よりのカタルシスだろ？」

そうは言っても、ルシファード自身の怒りがなければあそこまではしていない。

恋愛感情が理解できないと本気で告白したルシファードだが、最初から蓬莱人の外科医には特別なこだわりを持っていた。

息子が蓬莱人のデータを照会してきた際、それが予知された息子の精神の封印を解く鍵になる人物だろうと、O2(オーツー)は予想した。

そして、二人の関係が深まるようにわざと情報部部長の権限で守れと命じた。

後日、想定通りの行動を取った息子からの非難に対し、父親は薄く笑って言う。ある種の箴(しん)言(げん)に近い自身の実感だった。

〝子供はいつだって、綺麗で危険で面白いものが大好きだ。誰が禁じたところで、結局は手を出す〞

——うわぁい、パパの言う通りだー(泣)。パパはなんでもお見通しだね——って、わかっていたなら二十万人殺す前にとめろよ、外道(げどう)親父っ！

しかし、そうさせるのが目的だった父親が、息子の暴走の御膳(おぜん)立てをしたのだ。

危険だとわかっているのに面白くて目が離せない。

危険だとわかってるのに綺麗だからさわりたくなる。

サラディンは自分ばかりが心奪われているような言い方をするが、ルシファードの状態も似たり寄ったりだ。

士官食堂で美しい蓬莱人を初めて見た瞬間、衝動的にいつまでもずっと彼を見ていたいと思った。

一目惚れという言葉は、おのれの趣味に合致するあまり一目で非常に気に入ったものに対しても使う。

誤解を招くので口にしないものの、自分は内心そちらの一目惚れだと思っている。

さらに超個性的な面白い中身を知るに至って、誰かが壊したりしないように自分が守らねばと、きっぱり思い定めてしまった。

だからアル＝ジャアファルたちが、蓬莱人の血を欲してサラディンに手を出した挙げ句、身も心も深く傷つけたと知った時、一切を無に戻すために白い闇の力を解き放った――。

O2が言うところの精神の封印が解かれた結果、流民街全域とそこに残っていた住民二十万人がほぼ一瞬で消滅した。

あの外道父にして、この非道息子あり。

二人が犯した罪のせいで死の縁に追い詰められたマリリアードには、本当に申しわけないと思うのだが――後悔していない。

サラディンを守るためなら何度だってやる。惑星だって砕く。自分の力はそのためにあるのだから。

「倍返しはオスカーシュタイン家の家訓でしたよね？」

「ああ。本当はドクター自身で手を下す方が、スッキリするだろうと思ったけど、ドクターの自由を取り戻しているあいだに、あのしぶとい蛇女を逃がしそうだったんで」

「あなたの判断は的確です。私はひどい貧血で立つことすら難しかったでしょう。それに、あなたが私のためにして下さったことが、何より私の慰めになりました」

ルシファードがのぞく深淵の底には、琥珀色の焔が燃えている。官能と永遠を約束する蓬萊人の双眸の色だった。

〝怪物と闘うものは、その過程で自らが怪物と化さぬように心せよ。お前が長く深淵を覗くならば、深淵もまた等しくお前を見返すのだ〟

――考えてみれば怪物は俺なんだっけ。こうなるとややこしくて、ワケわかんねーな。

ルシファードの恐れる深淵が見上げる暗黒の空には金環蝕が輝く。

どちらの闇がより深く、どちらの輝きがより相手を魅了するのか。

始まったばかりのゲームは今度も勝敗を明らかにしないまま、再び二人は戯れの口づけを重ねた。

保温剤のおかげでテイクアウトのピザは、どの箱も焼きたての状態で保たれていた。

三人の男たちは会話を続けながらも頻繁に手を伸ばし、かなりの量のそれを次々と平らげていく。

デスクワークの多い佐官クラスになると摂取カロリーを気にする必要も生じてくるが、戦闘能力維持を目的として兵士と共に実技訓練を重ねる尉官の大半は若く、士官専用トレーニング・ルームで熱心に肉体を鍛えるものも多い。

ただし酒好きで大食漢のラジェンドラ・モースは、友人たちより体脂肪率が高めだった。

エディ・マーカムは妻とも仲のいいモース夫人から、自分の目が届かない場所での夫の食生活を監視してほしいと頼まれている。

「ラジェンドラ〜。ピザばっかり食べていないでさ、サンドイッチや野菜サラダも一緒に食べなきゃダメだよ。高カロリーなのはともかく栄養のバランスが悪いだろ。奥さんに子供たちへの示しがつかないから、偏食を直してくれっていつも言われているんじゃなかったっけ？　サプリメントに頼っていると十年後に大きなツケが――」

「うるせえ。牛じゃあるまいに緑の葉っぱなんぞムシャムシャ食えるかよ。食物連鎖の頂点に立つ人間だからこそ、腹一杯肉を食うことが許されるんだ。俺は人間に生まれた特権を断固享受するぞ。人間万歳っ、人類最高！」

「またそーゆー屁理屈を……」

「放っておきなよ、エディ。十年後に年頃の娘たちから、豚みたいなお腹をしているパパなんてサイテ〜って言われれば目が覚めるからさ。第一、夕食後にテイクアウトのピザを食べていることと自体、俺たちだってラジに意見できる立場じゃないって」

ワルターは干渉を嫌うラジェンドラが本気で怒り出す前に、エディに忠告をあきらめさせようとなだめにかかった。

彼自身はもう少し筋肉を増やせとジムのＡＩにアドバイスされているにもかかわらず、女性の視線を意識して今の体型維持に努めている。

「ワルターの言う通りだけど、女房同士のつき合いってモンがあって、うるさく言われちゃうんだ。——ところで、ルシファ。サンドイッチばかりじゃなくピザも食べなよ」

「もういい。食欲がねえ」

「おう、エディ。さっき、おめえが無神経な質問をするからだぞ。休憩前に思い切り嫌な気分にさせてどうすんだ。メシもまずくならぁ」

ラジェンドラがここぞとばかりに責めた。

質問を発した途端、二人の友人からすさまじい非難の言葉を浴びせられた最年長者は、肩を落とし暗い声音で反論する。

「だって……どうやってドクター・サイコの魔の手から逃げられたのか、本当に知りたかったんだから、しようがないだろ」

「まだ言いやがるかっ！」

「逃げ損なった」

ぽつりとつぶやくルシファード。

「……っ！」

聞いた瞬間、手に手にピザを持った三人は活人画と化す。

おのれの耳を疑い、目顔で確認し合う。

彼らが想像する理由とは違う意味で、ルシファードは呼び覚まされた記憶に食欲を低下させていた。

ヒモが長すぎたバンジー・ジャンプ。

やっちゃった感がハンパない。

多少八つ当たりしたい気分も手伝って、エディの言葉に駄目押しをする。

「逃げようとしたが失敗した。あとで聞くんじゃなかったと言わねえなら、何をして解放されたか教えてやるぞ」

三人は同時に激しく首を横に振った。

聞きたくない。ルシファードの態度や言葉の端々から垣間見える深淵の気配だけで、すでに怖くて泣きそうになる。

やはり極悪人は、友人にすべてを押しつけ置き去りにしたワルターだという結論に達し、ラジェンドラとエディは無言でにらみつけた。

ワルターは、バッシングを蒸し返されてはたまらないと別の話題を持ち出す。

「け、結局罰ゲームは誰と誰のAの紙とBの紙が、どう入れ替わって出来たんだ？」

「俺のＡの紙になった『メリッサ』はルシファからだろ。Ｂの『お馬さんごっこをする』はもともと俺のだ」

いつも子供たちにお馬さんごっこをせがまれるラジェンドラ・パパが言うと、二番手だったエディも告白した。

「俺のＡの紙『ミズ・キム』は俺が書いたやつで、Ｂの紙『胸を触る』はワルターのだな」

「……俺のＡのドクター・サイコは自爆でー、Ｂは確かエディの『お尻を触る』が来たんだよな。というと、残るルシファは……ラジのＡと自分自身のＢ――って、なんだよ。二組でＡとＢを交換し合っただけかよ！」

ワルターが落胆の声を上げる。

多大な精神的犠牲を払ったにしては、面白みのない罰ゲームの内容だった。

「そりゃ確かにつまんないね。仕方ないけど偶数だったのが敗因だな。ラジはＡの紙に誰の名前を書いたんだい？」

「ドクター・ニザリ」

聞いたエディがゲッとうめき、ワルターが立ち上がって糾弾を始めた。

「思い出したぞ！　ラジだってサイコ・ドクターズの片割れの名前を書いたんじゃないかっ。なのにどうして俺だけガンガン責められなきゃならないんだよっ！　俺とお前と、やったことにどれだけの差があるって言うんだ！」

「全然違う。お前は他人の不幸を願って書いたんであって、俺は俺の夢を書いたんだ」

「はぁ？　ドクター・ニザリのどこが夢？」

「俺んちは娘二人なんだが、一人でいいから息子も欲しいと女房とよく話しているんだ。女房の両親が開業医だから、ゆくゆくは医者にしようと――」

　真顔で未来の人生設計を語り始めるラジェンドラに、二人の悪友が叫んだ。

「図々しすぎっ！　ラジんトコにあんな美少年の息子が生まれるワケあるかっ」

「ありえないっ！　ラジの息子の未来予想図がドクター・ニザリだなんて、絶対なしっ」

「なんだと、この野郎どもっ！　アリーヤに似たら文句なしにキラキラのエキゾチック美少年だろーがっ。そうなりゃルシファードなんぞ目じゃねーぞっ！」

　豪語した巨漢が、イスの背に行儀悪く片肘をかけ、軽く足を組んでコーヒーを飲んでいた男を指差す。

「ん？」

　もめていた連中の注目をいきなり浴びたルシファードは、それきり沈黙した彼らをいぶかしげに見返した。

「なんだ？」

　いかなる時でも天使の輪と呼ばれる艶が生じる黒髪は、精妙に整った白皙(はくせき)の美貌に乱れかかり、長い四肢を持て余す長身に声は耳に残るセクシーな低音。

スクリーン・グラスの奥に隠されている双眸は、見るものの魂を吸い込みそうな漆黒で、日蝕を思わせる神秘的な黄金の輪を宿していた――。

一緒に馬鹿な罰ゲームをやった友人は、改めて見ると同じ空間で呼吸しているのが信じられないほど人間離れした美しい男だった。

「…………」

しばし沈黙していた三人の中で、最初に口を開いたのはワルターだった。

大柄な友人の肩に手を置く。

「言い過ぎて悪かったよ、ラジ。もう罰ゲームのことでモメるのはよそう」

「温かな家庭を築いて地道に生きている俺たちは何一つ恥じることないんだぞ。二人のお嬢ちゃんは、きっといいお姉ちゃんになって弟の面倒を見てくれるから」

一男一女の父であるエディの励ましも心がこもっている。

「悪かったな、二人とも。ものはずみで非常識にもほどがある大言壮語をしちまったぜ」

ルシファードはどうやら和解したらしい彼らのようすを見ながら、この場の全員の年齢を合計したよりさらに長く生きているカジャをつかまえて、理想の息子扱いすること自体が問題にならない不思議を思う。

そもそも白氏族(はくし)のカジャだけでなく、先祖返りの先ラフェール人であるルシファードの容姿は、地球人のそれと等価値ではない。

先ラフェール人は種族的に美貌がインフレを起こしている。

遙か昔の六芒星系でのこと。はた迷惑にも超能力を暴走させたり、色々深刻なワケ有りご先祖さまたちは惑星エリノアのドーム内に幽閉されていた。

そこで死ぬか肉体を捨てたものたちが、透明な棺の中に葬られている。

おびただしい数の棺が地層のように重なり合って一体化し、透明な床となって地表を見えないほど覆い尽くした光景は、まさに永遠の静寂に閉ざされた死の惑星。

その遺骸の美しさと数の多さが、末裔として生まれた幼いルシファードには恐怖だった。

いずれ自分も透明な墓場に呑み込まれて、同胞たちと共に永遠に朽ちることのない死体をさらす羽目になるのではないか。

――アレも深淵っちゃー深淵か。あれこそ怪物と化した者たちの成れの果て。やんちゃな息子を躾けるには最高の教材だったけど、ちょびっとトラウマになったよ、ママン。

遠い目をするルシファード。

「――ということは、最後のルシファードは『ドクター・ニザリ』に『キスをする』か。どうして交換してもらわなかったんだい、ワルター。ドクター・サイコのお尻を触ってくるより、遙かにマシじゃないか」

罰ゲームの話題で争うのはやめようと提案されたのに、エディはどうしても聞かずにはいられない疑問を口にした。

「そりゃ、ドクター・アラムートよりいくらかマシだけど、Bの紙が『キスをする』じゃあちょっと……。キスより触るほうがまだマシだろ」

「どうしてさ？　別にキスする場所は書いてないんだし」

「そうかぁ――っっっ！　ぬかった。ワルター・シュミット、一世一代の不覚っっっ！」

芝居がかった仕草で大げさに嘆くワルター。

そのBの紙を自分で書いたがゆえに、ほかの場所へのキスを考えなかったルシファードは、心の中で舌打ちする。

別の場所へのキスを思いついていたら、現在自分の食欲不振のもう一つの原因になっている出来事もなかったというのに。

ワルターのお陰で、実質的には罰ゲームを余分にしたようなものだが、少なくてもキスの相手がサラディンだったら、平然と撮影させただろうし、ワルターもためらわずルシファードに押しつけただろう。

――まずった。野郎とのキスに慣れちまって、そういう逃げ道を最初から考えようとしなかった。

さも口惜しげに指を鳴らし、ワルターが続ける。

「無難に手にすりゃよかったんだ。それなら、せいぜい嫌な顔をしたドクター・ニザリに、消毒液で手を洗われるくらいですんだのに」

別の場所なら、カジャと頭二つ身長差のあるルシファードは、額へのキスを考えた。

おはよう・いってきます・ただいま・おやすみと、計四回のキスを毎日娘たちにかかしたことのないラジェンドラ・パパは、当然ぷにぷにのほっぺにチュ♡だった。

が――エディ・マーカムは一味違う。

「高慢な美少年の前に両膝をついて爪先に口づけるなんて、すっごく奴隷気分でいいなぁ♡」

その他三名、心理的に三百メートル後方にドン引き。

巨漢がこみ上げてくる何かをこらえつつ、やっと感想を述べた。

「……お前の趣味的には楽しそうだが、俺がドクター・ニザリだったら即座にその場で蹴っ飛ばすぜ。危ねーぞ」

「そうだね。一発じゃすまないかも。脇腹を思い切り二、三回蹴られたら……って、もうライラに肋骨折られたんだっけ」と、ワルターが力なく笑う。

「俺なら踏んづける。断固踏む」

きっぱりと宣言したルシファードの感想にエディが目を輝かせた。

「いいね、それ……っ。君のような美貌の男に踏みにじられるなんて……想像すると体が熱くなってくるかも……♡」

「今度ライラに、お前に会ったら蹴り倒して踏んづけてやれって頼んでおくから、妄想世界で俺を使用するのは、ただちにやめろ」

「ライラ嬢には是非よろしく！　だけど、君だって部下たちを踏んだり蹴ったり殴ったりしているんだろ？　部下たちは喜んでいると思うよ」

「確かに踏んだり蹴ったり殴ったりしています。あのアホ豚どもは、上官の気を引けてはしゃいでもいます。だけどお前の言っていることとは全然イミが違う……よな、ワーくん！」

「そんなディープな解釈を俺に聞かないでよぅ～」

「次行こうぜ、次っ！　ルシファードの番で最後。これでお互い、アレコレ恨みっこなしっつーことでいいな？」

一番地味だと思っていた友人の暗黒面と相対し続けることに耐えられず、ラジェンドラは強引に休憩時間の終わりを宣言した。

『大尉殿。本当に本当～に、ドクター・ニザリからこの撮影に協力した私への報復はないのでしょうね？』

病院内らしい廊下が映し出され、気弱そうな男の声がルシファードに話しかける。

『それは保証する。事実、俺の命令に従って同行しているわけだしな』

『でも……』

『気の小さい奴だな。ポケットに入れているメモをよこせ。一筆書いてやる』

『ありがとうございますっ』

画面が大きく揺らぎ、黒髪の大尉にメモを差し出す手が映った。

撮影者の服が半袖なので衛生兵だとわかった。

軍病院に勤務する医師たちのほとんどはコート・タイプの白衣を着用し、衛生兵は全員上下が分かれた二部式の白衣を着ている。

恐怖に錯乱したワルターは、ルシファードを外科主任室に一人置き去りにし、結局戻って来なかったらしい。

そして、ルシファードはなんとか深淵から生還したようで、わかっていてもラジェンドラたちは安堵に胸を撫で下ろした。

これから行なう罰ゲームも限りなくくだらない行為だが、実行する人間が人間なのでゴシップ的価値は高い。

ネタ的にもおいしい罰ゲームの撮影をミーハーなナースに任せたら、科を越えて病院中に言いふらして下さいと頼んだも同然。

信用するに足る口の堅い人間を短時間で確保できるか否か、かなり危ぶまれる状況だった。

だが、衛生兵なら上官命令で従わせることも可能。男性が多いので上下関係に厳格な男の群れの掟(おきて)にも忠実だった。

他言無用と言い渡せば秘密は守られる。

さすがルシファードはいいところに目をつけたと、友人たちは感心する。

『これでいいな。——お、丁度良くベンが出てきた』

内科主任室に戻ろうとしたのだろうか、カジャ・ニザリは手招きするルシファードと、そばで撮影している衛生兵を見て顔をしかめる。

足早に近づきながら、いつもの横柄な口調で注意した。

『おい。内科病棟で勝手に撮影するな。紹介されて入院している一般人の患者もいるんだぞ。プライバシー侵害で訴え——』

黒髪の大尉はみなまで言わせず、その腕をつかんで近くの病室に引っ張り込む。

ナースたちもいる病棟で素早く極秘に撮影するため、前もって衛生兵に病室の空きを確認しておく用意周到さだった。

内科の衛生兵を相棒に選んだのは、事情にくわしいこともあるのだろう。

『すまん、折り入って頼みがあるんだ』

『貴様の用事で内科の衛生兵まで巻き込むな、馬鹿者！』

『まったくもっともなご意見なんだが、撮影担当の相棒にここの前に行った外科で、リタイアされてさ。急遽代役の撮影係になってもらった彼には、なんの責任もねえし、ほんの少しの時間手伝ってもらうだけだ』

『外科？　どうせまたどこぞの臆病者が、サラの言動にいちいち過敏に反応しただけだろう』

どこぞの臆病者が苦しげにうめく。

心優しい友人たちは、彼のほうに目を向けないことが思いやりだと知っていた。

『いや。ドクターもそれなりに危険なことをやったと思うぞ。俺にまで鍼を使ったし』

『サラにしてはかなりのサービスだな。よほど機嫌がよかったんだろう』

ワルターが画面の内科主任に向かって、悲痛な声で問いかける。

「あれがサービスだなんて、謎すぎる行為なんですけど。マジで言ってるんですかぁ？　それともブラックな冗談ですか？　どっちなんです？」

画面の中の内科医がその疑問に答えるはずもない。

残念ながら冗談ではないことをルシファードは知っていたが、まだダメージの残る友人の心の健康に配慮して黙殺する。

『お陰で、この有様なんだよ』

黒髪の大尉が仲間との罰ゲームの話をすると、白氏はため息をついて言った。

『貴様たち原人の思考形態は、何万年かかっても我々人類には解明できそうにないな。低俗なことに夢中になれる幼児性も、人類以前と考えれば寛大な気持ちで接してやろうと思わないでもないが……』

「……ああ、すごくいいっ！　もっと言ってくれぇ」

友人一同は、マゾヒストの嬉しそうな世迷い事を雑音として聞き流す。

一見美少年の辛辣な言葉は続いた。

『獲物の恐竜が落とし穴に落ちるまで暇でしょうがないお前と違って、私は完成させたい研究論文があるんだ。この私にどんな協力をさせたいのか早く言え。ただし！　必ず協力するという保証はないからなっ！』

『そう言われるだろうとは思っていた』

言いながら、おもむろにスクリーン・グラスを外した男は、片側のつるを制服の胸ポケットに差し込む。

普段素顔をさらすことをかなり嫌っている男の不自然な行動が、カジャに強い警戒心を抱かせた。

いつでも逃げ出す心の準備をして、逃走経路の確認をしているのが、オレンジ色の大きな目の動きからもわかる。

だが、出入り口はルシファードのほうが近い。

最初から相手が強行する気だったと悟り、無表情に自分を見下ろしている長身の男をにらみつけた。

『何をする気か知らんが、相応の報復は覚悟の上だろうな？』

『イエス・サー。コレは罰なんだからリスクは承知だ。あんたには迷惑をかけて大変に申しわけないと思うが、運が悪かったとあきらめてくれ』

『ふざけるなっ！　貴様の自分勝手がいつも通ると思うなよ！』

外見は十五歳前後の美少年だが、さすがに激昂して怒鳴りつける気迫はかなりなもので、画面を見ていた三人の大尉たちは、気おされてたじろいだ。

彼らが罰ゲームの相手なら、カジャはこの一喝で撃退に成功しただろう。

残念ながら相手は図太さで人後に落ちない。それをよく知っているカジャは、成功率の低いヒット・アンド・アウェイ戦法に賭けた。

すなわち――怒鳴りつけて、逃げる。

日頃の多忙で運動不足なわりに素早く、見事にルシファードの脇をすり抜けたかに見えた。

しかし、二メートル近い長身でありながら、その男は野ウサギを襲う狐より敏捷に動く。

黒ずくめの姿が画面の中で揺らいだと思った時にはもう、医師の片方の手首を捕らえていた。

『離せ、この……っ！』

抵抗を許さない剛力に引きずり寄せられるカジャは、向こうずねを狙って蹴りを放つ。

それを予測していた男は、摑んだ手首を脇に引くことで簡単に目標を狂わせる。

白氏は逆にバランスを崩し、次の有効な抵抗を試みる余裕もなく、軍服の腕の中に抱きすくめられていた。

頭二つ分身長差があるため、ルシファードにのぞき込まれると、医師はのけぞる形になる。

もう一方の手が白い巻き毛の後頭部に回され、差し込まれた長い指が逃れられないように角度を固定した。

息がかかるほど間近に迫る美貌にやっと目的を悟り、オレンジ色の目が驚愕に見開かれる。

『やめ……っ！』

制止の声は深く重なる唇にふさがれて途切れた。

白衣の体が衝撃に硬直し、たまらずに目を閉じた白い横顔に血の色が昇る。

男に摑まれたままの手が懸命に恥辱に耐えようとするかのように拳を作った。

画面がロングからバスト・ショットにズーム・アップされる。

握った拳が小刻みに震えている光景まで映し出され、観ている男たちは理由もわからずうろたえた。

――どうしてキス・シーンになったとたんアップにする、衛生兵っ！

ショックから少し立ち直ったカジャは、自由な手で男の脇腹を殴ったり、腕を突っ張って士官の体を遠ざけようとする。

『うー……んっ！　ん、んー！』

力の入らない体勢らしく、いかにも非力そうに弱々しく抵抗する美少年の姿は、男たちになにやら危険なときめきを覚えさせた。

やっと上げた抗議の声も口をふさがれて言葉にならず、軽く眉を寄せたカジャの表情は、苦悶と呼ぶにはどこか甘い。

さらにズーム・アップ。

――って、何故さらにアップになるーっっっ！

羞恥に震えるカジャの睫毛。

地球人とは明らかに違うなめらかな白い肌は、下の血の色が透けて、桜色に上気している。

女性にはない清らかな色気とも言うべきものが、強く感じられた。

彼の唇を奪っている男の端整な顔と共に、完成された絵画的な美しさと抑制された官能が画面を支配する。

観ている男たちは、明らかに早くなっている自分の心臓の鼓動に当惑しつつ、目は画面に釘付けだった。

効果のない抵抗をあきらめたのか、単に疲れただけなのかわからないが、カジャの手から力が抜ける。

ルシファードはその手を離し、白衣の腰を抱き寄せた。

『……ん……っ』

角度を変えた時に離れたカジャの唇から、ひそかな吐息が漏れる。

ルシファードの艶やかな黒髪が肩からすべり落ち、暗幕のように無遠慮なビデオ・カメラから二人の口づけを覆い隠す。

「あー……っ」

つい失望の声を発してしまった三人は、あわてて自分の口をふさぐ。

その動作で正気に戻り、疑問を持つ。

——どうして角度を変えてまで、しつこくキスする必要があるんだ？　そもそも、指定もないのに罰ゲームだからといって、なぜ男にディープ・キス？

尋ねたい。が、安易にそれを口にして恐ろしい答えが返ってきたらどうしよう。

彼らがそばにいる男に、その疑問をぶつけていいのか思い悩んでいるうち、画面の中で続いていたキスは終わった。

キスはとても長かった——ような気がする。こちらの混乱が生んだ錯覚かもしれない。

現実感のない浮ついた気分とまだ早い鼓動が取り残されたものの、これで各自罰ゲームは無事に終了した。

ルシファードの悪友たちは、知らずに握っていた拳を開いて肩の力を抜く。

ワルターの浅慮のせいで思わぬ方向に転がった罰ゲームも、終わってみればそれぞれに独自のカラーが出て面白かったかもしれない。

だが——。

「あれ？　まだ続くの？」

映像はそこで終わりではなかった。

医師の体を離したルシファードは、片手で無造作に長い髪をかき上げ、礼を述べる。

『ご協力感謝します、ドクター・ニザリ』

『……お前……私をさらしものにして……楽しいか……？』

口を覆ってうつむいたカジャが、震える声で尋ねた。

『ん？』

『……お前は背も高くて力も強い。私を思い通りにすることをなんとも思っていないだろう。だけど……私の弱さを娯楽にしていい権利なんて……お前にはない……っ』

『待ってくれ、カジャ。俺はそんなつもりじゃ――』

伸ばしかけたルシファードの手を、カジャは顔を歪めて振り払う。

『触るなっ！　お前に力で負ける私が悪い……のかも、しれないっ。だけど、お前の悪友たちにまで……どうして……笑いものにされなければ……っ』

長身の男を振り仰いで訴えるカジャの両眼から、大粒の涙がぽろぽろとこぼれた。

「うぅ……っ！」

きゅうぅーんっと切なく痛む胸を思わず押さえてうめく男三人。

その横で、おのれの悪行の記録に思い切り渋面を作る男一人。

『笑いものになんかするわけねーだろ！　だけど、悪かった。もう二度とこんなマネはしないから……すまん、本当にすまん』

嫌がる相手を抱きしめて謝罪する男の腕の中で、カジャは身悶えし、拳で制服の胸を打つ。

『……触るな、離せ……っ。嫌いだっ……お前なんか、大っ嫌いだ……！』

『悪かった……心から謝るから……泣くな』

泣きながら全身で拒絶する美少年（実年齢はこの際、誰も意識していない）を抱いてなだめる美青年。

『泣くな……頼むから……』

甘く低く囁く声は睦言のような響きがある。

長い指の大きな手が、幾度も白い巻き毛を優しくなで、ささやきの合間になぐさめの意味を込めた唇が、すすり泣くカジャの額や巻き毛に軽く押し当てられた。

なんとなく恋人同士の痴話喧嘩を見せられている気分になってきたワルターたちは、居心地の悪さを感じつつ目が離せない。

その時、ルシファードが鋭くビデオ・カメラに向き直り、撮影者の衛生兵に命令した。

『止まれ！　どこへ行く気だっ』

クローズ・アップからバスト・ショット、ロング・ショットへと少しずつ倍率が変わっていったのは、切り替えがうまかっただけではないらしい。

『携帯端末を返せ。――おい、聞いているのか？　ちっ、しょうがねえな』

素顔のまま映っているルシファードは、忌々しそうに言って片手で目元を隠し、もう一度衛生兵に命じる。

『携帯端末を返せと言っている。持ち逃げする気か』

『いえ、決してそんな……っ。ただ、データをダビングさせていただきたいって……』

『馬鹿者っ！　誰がそんなマネをさせるかっ。今すぐに渡せ』

『……あの、絶対に誰にも見せませんから、ダビングさせてください。お願いしますっ……』

哀願しつつルシファードのそばに戻っていった衛生兵は、手をどけた大尉の素顔にまた見惚れてしまったらしい。

その隙に相手の手から携帯端末を奪還し、画面はなんの面白味もない空き病室の壁に変わってしまった。

それでも音声は角度にあまり関係ないため、黒髪の大尉のぼやきが入る。

『……ったく。ナースばかりか衛生兵までコレとは。この病院はミーハーじゃねえスタッフはいねーのか？』

『お前がそれを言うのは酷だろうが』

画面の外にいるカジャはまだ鼻声だったが、皮肉な調子は復活している。

『他人事のようなコメントをするなよ』

苦笑混じりのルシファードの声で撮影スイッチが切られ、壁の画面は消え失せた。

最後になった罰ゲームの実行者が部屋の明かりをつけても、三人の悪友たちはイスに座ったまま半分放心している。

最後に特典のボーナス映像がついていた。

ものすごく得をしたというか、まず普通に生きていたらお目にかかれなさそうな眼福ものの光景を見てしまった、というのが今の偽らざる気分だった。

ドキドキしたり、ウットリしたり、きゅんとしたり。

基地内発行のホモ・ポルノ雑誌『パープル・ヘヴン』にハマる腐女子たちの気持ちが、初めて理解できた。

イメージ喚起力の優れている女性は、脳内で文章のイメージ変換も巧みなので、彼女たちの頭の中は日々、今上映されたような映像で溢れているのだろう。

あのエロ雑誌を読むのはともかく、最後のカジャとルシファードの罰ゲーム編はもう一度見たい。

ちょっと淫らな、いけない気分になって心臓をドキドキさせたり、甘いささやきにうっとりしたり、切なさに胸きゅんしたい。

今、危険な愛に目覚めて。

などと、それぞれの思いに浸っている彼らの背後で、小さな音がした。

「ルーちゃん。今のパキッて音は何——あーっっっ！　メモリー・ディスクを真っ二つを折っちゃってぇーっっっ」

「なんだと！　あーっ、なんてことしやがるっ！」

「ばかばかばかばかっ、ルシファードのばかっ」

パソコンから抜き取った薄いディスクを指先で二つに折った男は、口々に非難する友人たちを不思議そうに見遣る。

「なんでだよ。みんなで観て罰を実行した証明もすんだし、もう用はねえだろ」

「もう一回観たかったんだよ。コピーが欲しいくらいだったのに！」

「バカ言うな。ドクター・ニザリの恥になるものを放置しておけるか。上映したら即座に始末すると約束したんだ」

そう言いながら、ルシファは一度二つに折ったディスクを重ねたままもう一度折って、四つの破片にする。

確かにいつもやりたい放題の男ではあるが、泣いて訴えたカジャの言葉には、真面目に反省した模様。

泣かせるのは今更というか、カジャの泣き顔は可愛いので、あとでなだめればいいと思っていた鬼畜でも、他者に見せるという行為によって、男のプライドを傷つけてしまったのは非常にまずいと思った。

いくら親しい仲でも、許されることと許されないことがある。

後味が悪くて食欲も失せていたが、ディスクを廃棄処分にしてやっと気分が晴れた。

まだ文句を言い足りない面持ちの三人に対し、軽食の食べ残しを集めて、誰かがそれを持ち帰るように言う。

「ゴミ捨てと後片づけは俺がやっておくから。旦那たちはもうお家に帰れ。あんまり遅いと奥方の機嫌が悪くなるぞ。——上映会はこれにてお開き！」

そこでルシファードは両手を打って、不満顔の友人たちの文句を封じた。


友人一同が去ってからゴミを片付け、二脚のイスもいつもの場所に戻したルシファードは、ふと思い立ってスリープ・モードになっていたパソコンを操作し、画像通話で軍病院の内科を呼び出す。

夜勤のナースにカジャへの取り次ぎを頼むと、内科主任室に回された。

白衣を脱ぎ、ワイシャツを腕まくりした珍しい格好の医師が画面に現われる。

応答する前から、あからさまに不機嫌そうだった。

『なんの用だ。私は年内に処理しなければならない書類の整理に忙殺されているんだ。くだらない用なら、即座に切るぞ』

「ついさっき、罰ゲームの上映会が終わったんだ。この通り、記録ディスクは廃棄したから」

カジャにも見えるように、四つに割ったディスクの残骸（ざんがい）をかざす。

内科医は赤面し、一度口を開いたものの、罵倒する場面ではないと思い直したのか、渋い顔でうなずく。

『わかった。切るぞ』

「ライラも加えて四人でこれから飲みに行かねえか？　ドクターたちには今回の件のおわびに酒をおごるよ。いくら独身でも、大半が休んでいる時に仕事仕事じゃ、憂さもたまるだろ」

『私たちが顔を出すと士官クラブのバーはパニックになるぞ。そんな憂さ晴らしをするくらいなら、書類を一枚でも多く片付けたほうが前向きだ』

通話を切られないように、ルシファードは医師の言葉の途中から片手を振って、相手の思い込みを否定した。

「憲兵隊のマルチから、俺たちが行っても大丈夫な店を幾つか教えてもらった。個室もあるから、人目を気にせずにくつろげるぞ。どうせ今も飯抜きなんだろ？」

『やかましい。……悪くないな。サラも主任室にこもって私と同じような状況だと思う。サラには私から連絡しよう』

「んじゃ、俺はライラを誘うから。病院を出る時に連絡をくれ。時間を見計らって、宿舎の下で待っている」

カジャは少し機嫌が直ったようすで、通話を切った。

ルシファードは深く傷つけてしまった白氏と無事関係修復ができて安堵し、問題となったディスクの残骸をさっさとゴミ箱に放り込む。

強大な超能力を持つがゆえに、感情の発達が極めて抑制されてきたルシファードは、封印がやっと解かれたばかりだった。

知らなくても困らなかった感情、特に恋愛に関しては蓬莱人のサラディンをして、相当な長期計画で教育するしかないと言わせたほど、相変わらず重度な鈍感男のままだったが。

不幸中の幸いで、蓬莱人のサラディンも白氏のカジャも、そして先ラフェール人のルシファードも、これからつき合いを深めていく時間ならたっぷりある。

今回の一件で、食欲を減退させるほどの後悔という感情を覚えた。

折角覚えたその感情をディスクと共にゴミ箱に捨て去った彼は、隣の部屋にいる副官を飲みに誘うべく、携帯端末で呼び出しをかけた。

ルシファード・オスカーシュタインが持つカードの手札から、ハートのエースを引いたものは、まだ誰もいない――。

基地最後の一般開放日

Kichi saigo no ippan kaihoubi

五月七日は銀河連邦創立記念日だった。

だが、地球系の加盟惑星である惑星バーミリオンは、ほかの地球系加盟惑星と同じく特別何の行事も予定していない。

銀河連邦関係機関に限り、祝日として扱われる。

銀河連邦法に関係する諸手続や訴訟などの担当出先機関、手続きを代行する事務所は、玄関に銀河連邦旗を掲げて休みになっていた。

首都カーマインにある最大の銀河連邦関係施設といえば銀河連邦宇宙軍の駐屯(ちゅうとん)基地と、敷地内に併設されている軍病院。

ほかに現在建設中の外宇宙探査基地があった。これは未完成のため数に入らない。

さすがに軍の基地と病院は、役所や事務所のように完全休業というわけにはいかず、警備兵や勤務職員は休日シフトで動いている。

五月七日の基地内は普通の休日や祝日とはまったく違う。

一年に一度、基地関係者以外の一般市民が軍病院以外の基地敷地内に立ち入りを許される日だった。カーマイン基地の一般開放日、つまり基地主催のお祭りのような日になる。

二ヵ月ほど前から、関係者はその日のための準備にかなりの労力と時間を費やしていた。

基地の街と呼ばれるエリアにある民間経営の飲食施設にも一般客は流れるので、各店ごとに集客力のある特別メニューを考案する。

そのほか、開放日限定で許可される屋台で使う食材の大量調達にも余念がない。

一般客に対し、迎える側である兵士たちは真剣になる。

六つある各連隊はさまざまな催し物を考案し、基地内の各施設の使用許可書を争って総務科に申請した。

AFS（アフス）の模擬戦、戦闘機のアクロバット飛行、バトル・スーツでの格闘勝ち抜き戦等々。

観覧席をつくって見物料を徴収し、軍旗や部隊章のレプリカ、Tシャツなどを土産物として売る。

一般人参加型のさまざまな訓練の体験コース、各施設や催し物のスタンプ・ラリー、大きな透明ケースに入れた空薬莢数当てクイズ、カラオケや腕相撲大会といった定番。

色物は兵士たちによる女装コンテストやコスプレ喫茶、筋肉美を競うボディ・ビル大会などのプログラムが目白押し。

警備も自分たちで行なうので比較的楽な興業だった。

真面目な企画は、本部ビルで行なわれる銀河連邦の歩みという記録映画の上映会くらいだった。

ほとんど誰も来ないので、準備に数日の徹夜をした結果、開催日に燃え尽きた兵士たちの休憩所代わりにされている。

轟音のようないびきの合唱で映画鑑賞どころではなくなるが、苦情が出たことはない。

カーマイン基地だけではなく、銀河連邦宇宙軍の地上基地はすべて五月七日を一般開放日にしていた。

宇宙軍が一般市民に親しみを持たれることを目的としている。

そのため娯楽的なプログラムは多い。

ただしカーマイン基地では、少額とはいえ料金を取るようなプログラムが目につく。

それは、吝嗇（りんしょく）で基地の兵士に大変嫌われていた前基地司令官レイモンド・ブレッチャー大佐の時代に始まったことだった。

カーマイン基地の財政は相変わらず厳しい。

バーミリオン星は銀河連邦による外宇宙探査の本拠地に決定し、近い将来、カーマイン基地は宇宙軍の管理下に置かれる探査基地に吸収合併されることになっていた。

いずれ吸収合併するにしても、探査基地の建設予算は宇宙軍中央本部の会計に属し、カーマイン基地の予算はまだヴァンダイク方面軍から割り当てられている。

去年までは、基地を弱体化されるため意図的に予算を少なくする陰謀があった。その主体となっていた上層部が除かれたあとは、臨時予算がついた。

それなのに今年も予算が少ない。

もうすぐ消滅する基地に金を掛ける必要はなかろうという新上層部の非情な判断だった。

合併までの一年間、なんとかやりくりするほかない。

一般開放日は貧乏なカーマイン基地が自力で収入を得られる唯一の日だった。

その日一日は、とにかく小金を稼いで稼いで稼ぎまくる。

ブレッチャー前司令官は、そんな固い決意と共に部下たちを働かせる方法を考えた。

連隊ごとに稼いだ金額の合計を出し、最高額の連隊には優勝カップが渡され、所属する全員に五日の有給休暇が与えられる。

さほど魅力的な副賞ともいえない企画に対し、全連隊は毎年異様なほどのめり込む。

連隊単位でのランキングが、兵士であるがゆえの強い競争心や団結心、連帯感にアピールするせいだった。

官僚タイプのブレッチャー大佐は、兵士たちからの尊敬も人気もまったくなかった司令官だったが、数字には強く金銭がらみでは多くのアイデアを提供した。

上官が月末会計に一喜一憂している姿をそばで副官として見ていた現在のカーマイン基地司令官アンリ・ラクロワ大佐も、今となっては他人事ではない。

後任者のメンツにかかわる問題だった。

カーマイン市外からリニアカーで正門を入り、降りてすぐのところに基地の案内所がある。

例年はそこで紙に印刷された基地の簡単なマップと催し物を紹介したプログラムを無料で配布しているのだが、今年はそれに加えて有料の総合案内ディスクを販売していた。

「ディスクはアダプターつきですから、お手持ちの携帯端末に接続していただくだけで、すぐご覧になれます。危険です、押さないで！　数は充分ありますから」

　案内所の兵士がくり返しマイクで呼びかけている。

　周囲は黒山の人だかりだった。

　もみくちゃにされながら家族のもとにやっと戻ってきた男が、ディスクを老いた母に差し出し、妻に一部が破けた紙のマップを渡す。

「みんなディスクを買うんで大変だよ。何故（なぜ）なのか知らないけど、この基地の兵士たちも箱で買っていくんだよね。家族のお土産（みやげ）にするにしても数が――」

　ディスクの収納パッケージを食い入るように見ている母と妻と幼い娘は、彼の苦労話など聞いていなかった。

　銀河連邦軍の黒い軍服に身を包んだ若い将校が敬礼し、その下に《総合案内役ルシファード・オスカーシュタイン大尉》とキャプションがつけられていた。

　女たちはしばらく若い士官の写真を眺めたあと、おもむろにパッケージをひっくり返して裏を見る。

『抽選で五〇〇名様にオスカーシュタイン大尉の素顔の立体映像をプレゼント！　当選ナンバーは本日五時、当基地ホームページ上にて発表』

　下にシリアル・ナンバーを印字した四角のシールが貼ってあった。

「パパ！」と母娘は同時に叫んだ。

「ご近所のお土産にするから、このディスクをあと五枚買ってきてちょうだい！」

「アタシも記念にしたいし、仲良しのカレンとドナにもあげたいの。あと三枚買って！」

「お土産って、そんなものをわざわざ――」

戸惑う彼に再び二人は叫ぶ。

「お願い、パパ。愛してる！」

愛するものたちの必死の懇願に負けて人の群れに突撃していく彼を見送りもせず、母娘は早速ディスクを接続している老婦人の携帯端末を両脇からのぞき込む。

案内所の周囲で同様の光景が散見する中、険しい表情でディスクのパッケージを見ている七、八歳くらいの少年がいた。

「ケン！」

同じ年頃の少年二人と一人の少女が心配顔で駆け寄ってくる。少年の手にしたディスクを指差し、声をひそめて尋ねた。

「やっぱり怪しいと思った？」

「うん、間違いない。これはヤツだ。大変なことになった」

「早くギャラクシアンに連絡しないと」

「でも……誰かギャラクシアン本部の電話番号を知ってる？」

少年たちが青い顔を見合わせると、少女が小馬鹿にした口調で言う。

「男子ってホント頭悪いんだから。今、アニーがママの携帯端末を借りて、テレビ局に電話してるトコよ」

「そっか。テレビ局なら本部に通報してくれるよな！　見ていろ、スペースロイドめ」

「バーミリオン星を奴らの自由にさせないぞ！」

「ボクたちの星の平和は必ずギャラクシアンが守ってくれる！」

口々に勇ましい標語めいたことを言う少年たちに遠くから家族が声をかける。

「ジョージ！　さっきから何をしているの。ママたち先に行っちゃうわよ」

「はい、ママ。すぐ行くよ！　――まったく何も知らない民間人は幸せでいいよな」

「それじゃ、またあとで」

自称〈少年防衛隊〉の子供たちは深くうなずき合い、その場は解散した。


開催セレモニーに出席したカーマイン市の市長夫妻を見送って戻ってきたラクロワ司令官は、第六連隊長と副司令官代理を兼任するアレックス・マオ中佐の笑顔に迎えられた。

「コーヒーをお持ちしますか？」

「いや、ご夫妻と昼食を共にしてきたばかりだからまだ結構だ。その顔では、どうやらいいニュースがあるようだね」

「イエス・サー。つい先程入った情報ですが、ディスクはすでに三分の二が売れたそうです。午後の催し物目当てにくる一般入場者のほうが、午前中より多いことを考えると完売は確実でしょう。口コミで聞きつけて大量買いにくる兵士たちも、一向に減るようすがないという報告もあります」

「そうか。それは何より。少々数を強気に読みすぎたかなと反省しかかっていたところでね。こんなに不安だったのは初めての艦隊戦の時以来だよ。――オスカーシュタイン大尉に感謝しなくてはならないな」

深い安堵と共に司令官のイスに腰を下ろしたラクロワ大佐は、机の上に置かれた案内ディスクの見本を手に取る。

そのディスクの製作と案内役として、ルシファード・オスカーシュタイン大尉の起用を上官に薦めたのはマオ中佐だった。

さらに基地の兵士も買うことを狙って、彼の素顔の立体映像を懸賞品にしたのは司令官の発案だった。

「懸賞品は実にいいアイデアでしたが、彼がよく素顔の立体映像作成を承知しましたね」

「出張扱いでブレイン・ギアの修理に行かせてやると条件を出したのだが、うんと言ってくれなくて難渋(なんじゅう)したよ。司令官命令で強制するなど言語道断だしな」

「もしかして〈将を射んと欲すれば馬を射よ〉ですか？」

「そう。彼の副官ライラ・キム中尉に話を持ちかけた。彼女への成功報酬はレグホーン高級リゾート・ホテルでの休暇十日間」

司令官の読みの正確さに副官代理は笑った。

少なくともライラは本気になっただろう。そして、本気になった彼女にはルシファードを言うなりにすることなど造作もない。

「それで彼女はどのように？」

「ギャラ・コンに出席させてやると言えば簡単だと教えられてね。彼女の言う通り二つ返事だった。——君はギャラ・コンがなんの略称か知っているか？」

「パンギャラクシアン・コンピュータ・アソシエーションの略です。全銀河系から選り(え)すぐりのコンピュータ研究者が集まる交流会ですが、実態はコンピュータ・オタクの祭典ですね。誰でも参加できるパソコン・オタクの祭典パソケットと違って、厳しい資格審査がある点で差別化されています」

情報部にも籍のあるマオ中佐の説明はよどみなく続き、それを聞きながら司令官は片手で軽く額を押さえる。

類稀(たぐいまれ)なる美貌と強大な念動力(サイコキネシス)を操る宇宙軍の英雄の中身が、ただのパソコン・オタクとは嘆かわしい。

「で、我らが大尉はその厳しい資格審査とやらにパスできるほどのオタクなわけか」

「オタク度が資格ではありません、司令官殿。情報分析学や機械工学、コンピュータ工学、人工知能科学といったコンピュータ関係で最低ひとつは博士号を持ち、各分野で一定レベル以上の業績を上げていることが条件です。学都の教授や一流企業の研究所に勤務するものなど貴重な人材やＶＩＰが多いので警備も厳重です」

「博士号？　彼は十八歳で士官学校を卒業後、すぐに任官したはずだが」

「各学都の審査機関に一定数の論文を提出することで博士号の取得は可能です。彼は入学前に二つ、任官後の謹慎処分期間中に一つ博士号を取っています」

ラクロワ大佐はため息をつく。

つまり謹慎処分期間中にヒマだったので、幾つか論文を書いてみたわけだ。どうせならついでに博士号を取っておこうと考えたのだろう。

アレックス・マオは黙っていたが、ルシファードの作った特許付プログラムの中には、軍の戦略コンピュータＭＭシリーズに採用されている攻撃防壁もあった。重要機密に属することなので本人にも伝えられていない。

「とことんデキの違う人間だな」

「本人が認めている通り、所詮は顔のいい単なるパソコン・オタクなのでしょう。ギャラ・コンに参加したかった彼のおかげで、基地の財政が潤うわけですし」

総合案内ディスク完売後の純益を思い、ラクロワ司令官の頬がゆるむ。

何か突発的に多大な出費さえなければ、すでに今期は黒字間違いなしだった。

上官のほくそ笑む顔に誘われてマオ中佐もにんまりと笑う。

「君の名案のおかげでもある。感謝しているよ。しかし君も見かけによらず悪だねえ」

「司令官殿こそ……」

歴史ドラマの悪徳政治家と違法な事業にいそしむ実業家の会話パターンを踏襲しつつ、二人はご機嫌だった。


「ルシファ！　チョロチョロしていると、またディスクを持った集団にサインしろって追いかけられるわよ」

「だって、あそこにポップコーンの屋台が――」

「もう！　さっきクレープ食べたばかりじゃないの」

「お前が半分とったー」

「……わかったわ。キャラメル味でいいのね？　買ってきてあげるからここにいてね」

すっかり子連れの母親気分になっているライラは、落ち着きのない上官を置いて数組の家族連れが順番を待っている屋台に向かう。

友人のイベント男ワルター・シュミット大尉と異なり、ルシファードはあまりこの手のお祭りに興味はない。

どれほど部下たちに嘆願されても催し物への参加はすべて断った。

直接参加はしなくても、管理責任者として催し物が安全に行われるかを監視する義務が生じるので、プログラムに合わせて幾つかの会場を巡回しなくてはならない。

本日、基地で一番有名な士官になってしまった彼は、なるべく近くに会場のない道の人目につかないルートを選んで移動している。

「考えが甘かったかな、俺。……ん？　あの怒りんぼで威張りんぼな口調は──」

ルシファードは副官の指示も忘れて声の聞こえてくる方向に歩き出す。

遊歩道に沿って植えられた木々の一角に白い花の咲く低木がある。回り込んでいくと、その低木はコの字型にベンチを囲む形で植えられていた。

白衣を着た男が二人、腰を下ろしていた。

一人は面白くもなさそうに視線を遠くに向けながら、片手で水の入ったヨーヨーを弾ませ、一人は何やら文句を言いながら白い綿菓子を食べている。

「──を気にしなければならんのだ！」

「こんにちは、ドクターたち」

「いっ……いきなりわいて出るな。ビックリするだろーがっ」

「俺は通りがかっただけだぞ。そうしたら木陰のベンチで、なんとドクター・ニザリが共食いをしている光景を見たのであった……っ。なんて美味しそうなホラーなんだ」

外科主任のサラディン・アラムートが意地悪く笑って、内科主任に言った。

「ほーら、やっぱり言われた。――こんにちは、大尉。いいお天気になって良かったですね」

「誰が綿菓子頭だ、無礼者！　私が何を食べようと――不衛生な手で触るなっ」

羽毛のようにふわふわの白い巻き毛を持つ白氏族のカジャ・ニザリは、のびてきた男の手を乱暴にはたき落とす。それでも自分で綿菓子の一部をちぎって手を突き出した。

「ほら。食べたいんだろう。子供みたいな奴だな」

共食い呼ばわりされると知りつつ買った自分はなんなのだとサラディンが皮肉を言う前に、カジャがきゃっと悲鳴を上げる。

「他人の指まで舐めるな、馬鹿者っ！」

「綿菓子を触ったら指がベタベタになるだろ」

「お前が私の指の心配をする必要はないっ。気色悪いマネをするな！」

真っ赤になったカジャは相手の舌の感触を消し去ろうと、白衣に指をこすりつけた。

その態度を見て、人をバイ菌みたいに扱うんだもんなとぼやくルシファードは、相変わらず鈍感な無意識の男たらしだった。

「ドクター・アラムートとヨーヨーって、すげえ取り合わせ」

「最近のものはポリマー製で丈夫にできているようだと思って見ていたら、あちらが一つタダでくれました」

「客が寄りつかなくて営業妨害だから、体よく追い払われたのだと自覚しろ」とカジャ。

「童心に帰りますねえ」

「歳を取ると子供返りするものだからな。そろそろ痴呆の症状――あっ、あっ、何をする」

目標を毒舌家の内科医の頭にさだめて、外科医はヨーヨーをぶつけ始める。

「気分はすっかりいじめっ子ですとも」

「ははは、よせって。本当にこの二人は仲がいいんだか悪いんだか……。それにしても、どうして二人は白衣を着たままなんだ？」

軍病院に勤務している二人が、わざわざ白衣を着てここにいる理由がわからない。普通に催し物を楽しむなら悪目立ちするだけだった。

軍病院が企画でコスプレ喫茶をしている可能性は、あえて考えないことにする。

「すぐそこに出張救護室があるんですよ。休憩時間になってここで花の香りを楽しんでいたら、あちらから共食いしながらカジャがきたというわけです」

「私は綿菓子のように甘い男ではない」

「ええ、激辛スパイスに毒薬を混ぜてまぶした綿菓子ですよね」

「ヨーヨーを貸せ！」

「よせってば」

笑いながら割って入る男を見上げ、今度はカジャが尋ね返す。

「お前こそイベントに出なくていいのか？　どうせお前のことだ。女装コンテストだのコスプレ喫茶だのという低俗極まりない企画への参加要請が山ほど来ただろう」

「ねえよ。女装だのコスプレだのという企画に俺の参加を要請しやがったら、その場でブチのめすと執務室のドアに貼り紙をしておいた。今日の仕事は見回りだけ」

「当然でしょうね」

したり顔でうなずきながら、たとえ発作で心停止の患者がかつぎ込まれても見に行くつもりになっていた二人の医師は心中で舌打ちした。

「女装もコスプレもガキの頃に仕事でさんざんやらされて飽きた。この歳になってまでやりたくはねえ」

考えたのとちょっと違う理由を聞かされて、しばし医師たちがコメントに悩んでいるところへ頭の芯に響く甲高い子供の叫び声がする。

「あっ！　あんなトコにプリンス・エクセルクロウがいる」

数人の子供たちから指差されて、ルシファードは戸惑った。

どう考えても自分は人違いをされるタイプではないが、プリンス・エクセルクロウという妙な人名には聞き覚えがある。
七、八歳ほどに見える子供たち五人は駆け寄ってくるなり、精一杯の勇気を振り絞ったようすで叫ぶ。

「バーミリオン星から出て行け、スペースロイドめっ」

「ここはボクらの星だ。絶対にお前たちには渡さないぞっ」

「もうすぐギャラクシアンたちが駆けつけて、あんたなんかやっつけてくれるんだから！」

少女の罵倒を聞いて、やっと自分が誰と間違われているのか判明する。

全銀河系に配信されている子供向けドラマ『流星戦隊ギャラクシアン』に出てくる敵組織スペースロイドの新しい指揮官が、確かプリンス・エクセルクロウという名前だった。

アダン曹長の妻が七人目（！）の妊娠中に緊急入院をしてしまい、勤務と家事と育児に曹長が疲労困憊していた時期がある。

時期外れに着任した自分を何かと気遣ってくれた部下を休ませてやろうと思い、ルシファードは非番を使って何度かベビーシッター兼ハウスキーパーをしてやった。

そこで子供たちを夢中にさせる戦隊物を一緒に見た。

見ただけではなく、とある事情で主題歌をフルコーラスで歌えてしまう。

♪燃やせ心　熱く激しく　宇宙駆ける流星のように——

なかなかに男の子の心を熱く滾らせる曲調で格好いい。正直言って結構好きだ。

プリンス・エクセルクロウは敵の組織スペースロイドの首領だった。

黒いローブの上に仰々しい漆黒の甲冑をつけ、マントも兜も黒というお約束の美形悪役で、ストレート・ヘアも長くて黒い。

彼は破壊工作で基地から街に出る時、黒いスーツ姿にサングラスというあからさまに怪しい格好をする。

子供向け番組なので、露骨に目立つ変装をしてトップ自ら破壊工作に出向くって、組織としてどうなのよという突っ込みは大人げない。

エクセルクロウ役の俳優はルシファードよりスレンダーな体形で、街の背景との対比から推測すると身長も彼より頭一つ低い。おそらくウィッグと思われる黒髪は背中の半ばあたりの長さ。ルシファードの髪は膝裏まである。

変装のために毒々しいメイクを落とした素顔は、当然ながら超絶美形には程遠い。

だが、大人の目には明らかに別人でも、外見の記号で判断する子供たちが、同一人物だと思い込んでしまう状況は理解できる。

もうこれは、正義感に燃える子供たちの熱い勘違いに是非とも応えするっきゃない、とルシファードは大変楽しく決意した。

凄味のある笑いを浮かべ腕組みをした彼は、子供たちを見下ろしながら悠然と言う。

「よくぞ私の変装を見破ったな、子供たち。だが、君たちの思い通りにいくと思ったら大間違いだぞ」

「はぁ？　なん――」

あきれて見上げたカジャの口をサラディンの手が素早くふさぐ。

「しっ。CGを駆使した子供向けドラマ『流星戦隊ギャラクシアン』ですよ。あなたも聞いたことくらいあるでしょう」

病棟での深夜勤務で、ナースたちのお弁当を分けてもらい、一緒に夜食を食べる時には色々な話題が出る。

子供のいるナースや衛生兵、医師などが子供にせがまれて変身グッズを買わされたとか、敵のくり出すメカボーグだのバイオボーグだののトレーディング　カード集めは、毎週のように新手が現れては倒されるのでキリがないとよくこぼしていた。

理解したカジャとサラディンの視線が合う。その瞬間には、もうルシファードとの協力態勢が整っていた。

二人はベンチから立ち上がると、黒ずくめの大尉の両側に立ってにやりと笑う。

「パワー・アップした私の新型メカボーグは強いですよ」

「私のバイオボーグもな。今度こそ必ずギャラクシアンを倒してやる」

「くっ！　新しいスペースロイドの博士たちか」と、リーダー格の少年がたじろぐ。

憎々しげににらみつけてくるもの、恐怖に青ざめているものと少年たちの表情はさまざまだが、二人の少女はどちらも半分口を開けて、唖然と美形悪役たちを見上げている。

「それからいいことを教えてやろう。ギャラクシアンは別組織である銀河連邦宇宙軍に手出しができない」

「そうか……。それでテレビ局から通報を受けたのに、ギャラクシアンは駆けつけてこられないんだな。汚いぞ、プリンス・エクセルクロウめ！」

「おや、生意気な坊やだね。いつか君の泣き顔を見る日を楽しみにしているよ」

プリンス・エクセルクロウは優しく言って微笑み、その妖しい笑顔を目の当たりにしたリーダーの少年は真っ赤になる。

――こら！　子供をタラしてどーする、たわけものがっ！　親に訴えられるぞっ。

カジャが軽く身を寄せて接触テレパスでののしる。

――えー？　コレ、お約束のセリフだぜ？

第二次性徴期以前に仕事で飽きるほど女装とコスプレをやらされたルシファードは、この手のなりきりに自信を持っていた。

実際、番組の未熟な若手俳優とは異なり、迫力のある完璧な演技だった。

サラディンは今のセリフではるか以前、自分が初めて見た戦隊物を思い出す。

『ちょこざいなこわっぱめ！　いずれ吠え面かかせてくれるわ』と、いかにも造り物の角を頭につけた巨漢がわめいていた。

――世の中は変わっていくものですねえ。

つい歳相応の感慨にふけってしまう。

補佐役のジョージが親友の肩を掴んで揺さぶる。

「しっかりしろ、ケン！　敵の言うことなんかに惑わされちゃダメだっ。……五ヵ月前、イエロー・タウンのはずれで爆発した爆弾も、本当はマフィアじゃなくておまえたちスペースロイドの仕業だろう！」

「そうだとしても、どこにその証拠がある」

——まずい。マジでシャレにならん。

二人の博士はあらぬほうに視線を流す。

流民街すべてが一瞬で消滅したあの事件は、対立するマフィア同士が製造を禁止された特殊爆弾を持ち込み、誤って爆発させた事故だと発表されている。

だが、真実は銀河系征服を目指す悪の組織スペースロイドの——ではなくて、この場の中心にいる男一人の仕業だった。爆弾を使用したわけでもなく本当に証拠はない。

それだけのことをする理由があったにせよ、当局に真実を知られようものなら極刑はまぬがれず、かばっている関係者の自分たちもかなりの懲役刑判決が下されるに違いない。

あれだけの大惨事を発生させながら平然と日常生活を送っているのだから、この男の倫理観のなさと壊れっぷりには慄然とするものがある。

そうでなくては、星一つを砕く念動力など人の身で持っていられないのだろう。

「あきらめることだな、子供たちよ。もはやバーミリオン星は私たちスペースロイドのものだ。

——そうだろう、ライラ将軍？」

男たちの悪ふざけをあきれながら立ち聞きしていたライラは、振り返ったルシファードからいきなり同意を求められて仰天(ぎょうてん)する。

屋台で買ったポップコーンを抱えて探しにきた彼女がそこにいるのは、とっくに気配で知られていたらしい。

肩越しに顧みて薄笑いを浮かべている彼が、何を考えているのかよくわかる。

バカをやるならみんな一緒。一人大人の顔をして逃げたりするなということだ。

ルシファードの呼びかけによって、すっかり彼女を悪の女幹部だと信じてしまった子供たちの視線が痛い。

この場で真実を暴露するのは、子供たちの夢を壊すに等しい。

彼女は覚悟を決めて地面に片膝をつくと片手を胸に当て、軽く頭を下げて言った。

「はい(ヤー)、司令官(コマンダー)」

「ふふふ。さあ、どうする。私たちの奴隷になるか、滅びるか——」

恐怖に耐え切れなくなった少年がついに泣き出した。

何しろ相手は二メートル近い大男で、常人離れした美貌の持ち主だった。その迫力たるや、七歳の子供に太刀打ちできるものではない。

「うわーん。パパ、ママー」

泣きながら逃げ出す少年のあとに、つられて泣きそうになった少女たちが続く。

精神にダメージを受けたリーダーに代わって気丈にふるまっていた少年も対決をあきらめ、リーダーの腕を引きながら退却する。

「……覚えていろっ！　この次は必ずやっつけてやるからな」

「それは番組の最後に俺が言う捨てゼリフだろうが、坊主」

演技をやめて素に戻った男がつぶやいた。

その広い背中をライラの平手が乱打する。

「バカバカバカッ。なんて恥ずかしいことさせるのよぅ。しかもドクターたちまで一緒になって、あんな幼い子供たち相手に！」

子供たちを見送った男たちは顔を見合わせるなり、どっと笑い出した。腹をかかえ涙を流して笑い転げる。

「……ガ……ガキをだますのって……面白えなあー……っ！」

苦しげなルシファードの言葉にドクターたちも笑いながら無言でうなずく。

「最低……っ！　親御さんに抗議されたって私は知りませんからね。……男ってどうしてくだらない悪さをする時、即座に一致団結するのかしら。まさかドクターたちまでルシファのバカに乗るとは思わなかったわ」

ぼやきと説教の入り混じった女性士官の小言を背中で聞き流した彼らは、息を切らしながらようやく笑うのをやめた。

ライラは小振りのバケツほどもある紙の容器に入ったポップコーンを友人に差し出す。これを持っていたせいでよけいに女将軍の演技が恥ずかしかった。

「はい、お待ちかねの塩キャラメル味ポップコーンよ」

「忘れてた、ありがとう！　ドクターたちも食べるか？」

「塩キャラメル味？　甘いのですか、しょっぱいのですか？」

「塩味が基本にあって、濃厚なキャラメルの甘さが加わっているというところかな」と、すでに頬張っているカジャが報告する。

「結構イケますね。予想より上品な味です」

仲良くバケツのポップコーンを分け合っている男たちの隣で、ライラは空を見上げる。

――高級リゾート・ホテルで十日間の休暇かぁ。思ったより高くついちゃったかしら。

ともかくルシファードの姿を発見するなり奇声を発して追いかけてくる一般参加の女性客から逃げ切り、かつ目的地まで行って仕事をしてくるのが大変だった。

それでも今日一日を無事に乗り越えれば多くの人々にハッピー・エンドが待っている。がんばらねば。

「大尉。あなたの副官が何やら空をにらんで拳をにぎっていますけど」

「自分に気合いを入れてるんだろ。あいつは今回色々と影の黒幕を担当して大変なんだ。放っておいていいから」

「なんの黒幕かあえて聞かないでおく。どうせ知らないほうが幸せなんだろう？」

「男として実に賢明な生き方だよ、ベン」

敵の首領や幹部を前にして空しく逃げ帰った少年防衛隊のメンバーたちは、敗北感に打ちのめされていた。

「……ギャラクシアンが手出しできない銀河連邦宇宙軍を狙うだなんて……」

「こうなったら、ボクたちが入隊して内側からスペースロイドたちをやっつけるんだ！」

元気を取り戻したケンの提案に全員が色めき立つ。

「そうだ、その手があった！」

「でも私たちが入隊できる歳になるまでずいぶんあるじゃない。それまでにバーミリオン星が征服されちゃったらどうするの？」

「その時は地下組織のゲリラになって、あくまで抵抗してやる。俺たちは絶対スペースロイドなんかに負けない！」

ジョージの決意に仲間たちは拍手をする。

「アタシは家に帰ってすぐ、宇宙軍に入隊するにはどんな勉強が必要か調べるわね」

「頼むよ、アニー。それじゃみんな、また明日学校で会おう」

別れの挨拶を交わした少年たちは、それぞれの親のもとへと急ぐ。

ヴィクトリアは機械にくわしい仲良しのアナイスと連れ立って歩きながら、思い切って尋ねてみた。

「スペースロイドって……地球人でもなれるのかしら」

「わからない。でも調べてみるつもり。あの博士たちは地球人じゃないみたいだけど、女将軍は地球人だと思う」

「地球人だとしたら……裏切り者よね？」

「裏切った気持ち、わかるような気もするけど。プリンス・エクセルクロウってテレビで見るより、百倍はハンサムだったもの」

いつもクールなアナイスの大胆な発言にびっくりしたヴィクトリアは、すぐ笑顔になって何度もうなずく。

「そうなの！　あんなにステキな男の人、アタシ初めて見た。あの博士たちも綺麗だったし。……悪の女幹部になって、あんな人たちのそばにずっといるのも、おいしいかもってチラッと思っちゃった」

「いいこと、ヴィッキー。これは女の子だけの秘密にしましょ。将来敵同士になるかもしれないなんて、ケンたちに知られないようにね。特にジョージには言っちゃダメ」

「わかってる。それにアタシたちまだ若いんだもん。あんなオバさんに負けないわよね」

「当然よ」

ライラ将軍のライバルを自認する少女たちは、ほとんど悩みもせず同胞より恋を選択する。

だが、すでに一年以上放映が先行しているほかの惑星では、ギャラクシアンの総攻撃の前に敗れ去ったプリンス・エクセルクロウが、壮絶な爆死を遂げていることを彼女たちは知らなかった。


総合案内ディスクは、午後になってすぐに完売した。

基地の案内所を任されていた需品科では、通信科に依頼して急遽アナウンスを流した。

曰く。〈抽選シールを剝がしただけの、未開封の総合案内ディスクを中古品として提供してくれた方には、十枚につき一枚抽選シールを進呈致します〉

まとめ買いをした兵士たちがこぞって持ち込んだそれは、美品のリユース品として五分の一の価格で午後から訪れた一般客に販売された。

それさえも完売したので、基地司令官とその副官の笑いが止まらなかったとか。

六連隊対抗『稼がざるもの休むべからず』作戦は、ルシファード・オスカーシュタイン大尉がイベント不参加にもかかわらず、大方の予想に反して第六連隊が稼ぎ高トップで優勝カップを手にした。

勝利に大きく貢献したのは、ワルター・シュミット大尉が指揮して物販ブースで売った節約指南機能つき家計簿ソフト。

子沢山で生活にゆとりのないアダン曹長夫人にルシファードが贈って、非常に感謝された彼の自作ソフトの改良版だった。

戦力としてアテにしていたルシファードのイベント不参加を知ったワルターに泣きつかれ、ライラが面倒臭がる上官を口説き落として提供させた。

本日購入者に限り使用期間限定のオスカーシュタイン大尉壁紙集などという反則――もとい販促ソフトつき。

まず家計簿ソフトという購入の名目が立ち、次に節約アドバイス機能という類似品との差別化が図られて、使用期間を過ぎると消去プログラムが起動するにせよ超絶美形の壁紙集というほかに類を見ない特別なオマケがつく。

主婦のツボをついたソフトだとライラが力説した通り、市販ソフトとさほど価格差がないにも関わらず非常によく売れた。

マッチョなワンフ軍団の箱買いを別にしても、ミーハーとは縁のなさそうな品のいい老婦人や何人もの子供を連れた主婦が買っていく。

オマケが時限ソフトだなんてケチだと苦情が出ないかとワルターは心配したが、ライラの解釈は違った。

所詮オマケなのだから、見飽きたら消えても消えなくても価値がなくなる。惜しいと思われるうちが花なのだ。

反対に本体である家計簿ソフトは長く使うもので、使い勝手がよく節約のアドバイス機能が役に立つと評価されれば満足感は高まり、苦情は出ない。

オマケ目当てに買った連中は、使用期間が限定されることを承知の上で買ったので、その点について苦情を聞く義務はない。

だから大丈夫、とライラは言い切った。

彼女の狙いは見事に当たり、早々にソフトは完売して企画は大成功。

しかも家計簿ソフトの機能自体が高く評価され、ワルターはずいぶんあとまで在庫の問い合わせや販売ライセンスを買いたいというソフト会社からの申し出を受けた。

合併を控えたカーマイン基地最後の一般開放日は、大きな事故もなくこうして無事終了したのだった。

地獄の特訓十日間

Jigoku no Tokkun 10kakan

六月のカーマイン市は昼と夜の気温差が一年のうちで一番大きい。

昼は強い日差しのもと軽く三十度を超え、夜は十度を下回る。そこまで差が大きいと体調を崩す市民も多い。

銀河連邦宇宙軍カーマイン基地の兵士たちは、日頃の訓練で肉体を鍛えているだけにそれはなかったが、残念なことに精神的な影響は無視できないレベルで現れていた。

「何しろ君が転任してくるまでの四十年間、一度も出動経験のなかった我が基地のことだからな。銀河連邦創立記念日の反動は毎年のことなのだが……今年は目に余る」

昼食会の席でカーマイン基地司令官アンリ・ラクロワが、自分の皿の肉をナイフで切り分けながら慨嘆した。

冬の寒さが和らいですぐの頃、彼は大佐に昇格すると同時に司令官になった。

部下と距離を置いた前任者のブレッチャー大佐と異なり、彼が基地本部ビルの一室で数人の部下と共にテーブルを囲む昼食会を開くのは珍しいことではない。

首都防衛の陸戦部隊として銀河連邦宇宙軍一個師団が駐屯していたこの基地は、現在建設中の外宇宙探査基地が完成したのち吸収合併される。

予算の少ない貧乏基地の現状が、歴代司令官の悩みの種でなかったことは一度としてないにせよ、ラクロワ大佐の悩みは期間が限定されていた。

とはいえ——。

「合併後、さすが辺境惑星基地の兵士だっただけあって士気も質も低レベルだなどと、あとから来た苦労知らずの連中に言われるのは業腹ですしね」

ルシファード・オスカーシュタイン大尉の所属する第六連隊隊長であり、副司令官も兼任するアレックス・マオ中佐が、物柔らかな口調で司令官の心中を代弁した。

マオ中佐は軍隊より学究生活のほうが似合う穏やかで理知的な人物だったが、意外にもかなりの負けず嫌いで、安易に日和(ひよ)るくらいなら血を見るほうを選ぶ過激な面を持つ。

長い黒髪を三つ編みにしたルシファードは深くうなずいて、自分も上官たちの気持ちにまったく同感だと態度で示す。彼は技術理数系だが、相手に舐められたらずっと下に見られるという男の掟(おきて)はよく知っていた。

隣の席に座る彼の副官ライラ・キム中尉は熱血体育会系プラス負けず嫌いで、自分を舐めた相手は大抵叩きのめすという大変イケイケな武闘派。

全員が半袖の白い開襟シャツを着ていて、大変爽(さわ)やかな雰囲気になっている。

地上勤務の兵士だけに支給される銀河連邦宇宙軍の夏服は、白い開襟シャツに明るい灰色のスラックス、女性の場合はスカートという気候に配慮した軽装だった。

晩餐会や式典の時に着用する夏用礼装は、通常のものとデザインが同じで生地が薄く、肩章とモール以外は白い。

「誠に遺憾ながら、合併が士気の低下を招いているようにも思えます。詳しく申し上げますと『どうせ戦艦勤務に戻るのだから地上で汗まみれになって体を鍛えても大して役に立たない。ならば訓練はほどほどにしておこう』という損得勘定が芽生えています。加えて昼間の三十度を超える暑さと、司令官殿が言われた一般開放日の反動もあるでしょう」

「私が何よりも問題だと思うのは、部下たちのあいだに自虐的な悲観論が広がりつつあることです」

ライラは他人の感情に疎いルシファードより、もう少し部下たちの精神面の変化を気にかけていた。

「自虐的な悲観論というのは？」

「『どうせこの基地出身だと知られたらバカにされるんだ』というものです」

彼女の答えを聞き、司令官が表情を曇らせる。

カーマイン基地が〈兵士のゴミ捨て場〉と言われているのは、この場の誰もが知っている。

「この基地に配属されるのは左遷以外の何ものでもなかったのだから、カーマイン基地に対して誇りと愛情を持てと言っても無理か……」

「オスカーシュタイン大尉。その点を改善するいいアイデアがないか？」

マオ中佐は、第一等勲章を三個授与され宇宙軍の英雄とまであだ名されながら最底辺のカーマイン基地に左遷されてきた男に妙案を求めた。

情緒面に欠落部分のあるルシファードは、基地に対して誇りも愛情もない代わりに、自虐的な負の感情も持たない。

だが、人の心を摑むカリスマ的な魅力があり、とてもユニークな発想をする。

「誇りはともかく愛情はなんとかなります。合併まで楽しい思い出作りをしてやれば、あの筋肉ダルマどものことですから、最後は『さらば我が愛しのカーマイン基地よ』なんぞと言って、滂沱の涙を流すでしょう」

「楽しい思い出作り？」

廃校になる小学校にこそふさわしい言葉を聞かされて、彼以外のものたちは異口同音に詳細な説明を求める。

「連中の頭の中はほとんど筋肉ですからね、踊らせるなんぞチョロいものです」

そう言って笑う彼の表情は、悪戯を思いついた悪ガキのそれだった。

いましがたまで悲しげだったラクロワ大佐の口元に温かい微笑が浮かぶ。

ルシファードに向けられる愛情溢れるまなざしを見て、ライフは心の中で苦笑しつつ肩をすくめる。

ほとんどの男はやんちゃ小僧が好きだ。

特に若い頃は自分も相当な暴れん坊だったラクロワ大佐は、ルシファードを見ているとこんな息子が欲しかったと思うのだろう。

「それでは君に〈さよならまでの楽しい思い出作りプロジェクト〉を企画立案してもらいたいのだが、いいだろうか？」

「アイ・サー。本日中に企画書を提出致します。――お任せを」

あんなこととかこんなこととか、楽しい悪さの計画が頭の中で乱舞しているに違いない笑顔で、宇宙軍の英雄は新しいプロジェクトを請け負った。

昼食会が終わり、同じ本部ビル内にある中隊の執務室に戻る中、ライラは上官であり士官学校時代からの親友でもある男に尋ねた。

「あなたのことだから、それなりの考えはあるんでしょうけど、ウチの中隊だけならまだしも全連隊が対象なのよ。その規模で本当になんとかできそうなの？」

「当たり前だろ。中隊が四つで大隊、大隊が三つで連隊。六個連隊というのは、つまり俺たちと同じ中隊が四×三×六＝七十二個集まっているに過ぎない。七十二個の中隊に同じコトをやらせればいいだけの話だ」

「具体的に何を企んでいるの？」

「軍隊ならではのイベント作りってところかな。ピンバッジで何種類かの基地オリジナル参加章を作って、イベントの最後に配る。全イベントをコンプリートした奴には基地オリジナルの勲章をやる」

「基地オリジナルの勲章？　宇宙軍本部に認定された正式な勲章じゃないんでしょ？　兵士の側からすると、そんなオモチャをもらっても嬉しくないと思うケド」

「来年には併合されて消滅する基地のオリジナル勲章が、勲章収集マニアから見るといかにレア・アイテムで価値が高いか訴えればいい。自分には価値がない物でも、他人が凄く欲しがっていると知った途端、急にそれをありがたがる奴は多いからな」

イベントの内容について聞きたかったライラは、うまくはぐらかされたような気がして顔をしかめる。

ひょっとしたらルシファードにとって、イベントよりレア・アイテム作りのほうが重要なのかもしれない。

「あなたが話すと、なんだかオタククさい話になってくるわね」

「マニアと言ってくれたまえ、キム中尉。マニアの心を知るのは同じマニアだけさ」

「コンピュータ・オタクが偉そうに。一昨日参加許可証が届いたせいで、すでに心はギャラ・コンに飛んでいるんじゃないの？」

「そーなんだよー。あと二ヵ月したらパンギャラクシアン・コンピュータ・アソシエーションなんだぜぇ。たーのーしーみー。ああ、明日から八月にならないかなぁ」

ルシファードはうきうきと弾む口調で副官の皮肉に答える。

そのようすは夏休みのキャンプを心待ちにする小学生と大差ない。

ギャラ・コンとは超の上に無限大マークがつきそうなコンピュータ・マニアたちが、銀河系全域から集まる交流会だった。彼は参加許可と引き換えに、基地の財政を潤す手伝いをした。

「直前に緊急招集がかかったらどうする？」

「軍を辞めるに決まっているだろ」

即答。コンマ三秒も考えていない。

「……そう。決まっているのね」

「亜空間通信でアレクに連絡を取ったら、彼も今年は宇宙軍の要請で参加するそうだ。閉会後にちょっと寄り道してアレクんトコでブレイン・ギアを直してくるよ。司令官殿はその分を出張扱いにしてくれるそうだし」

「あれは任務中に壊されたようなものだから、出張扱いは当然でしょう。ただし、直すだけにするのよ。デーゲルマルク博士と改造だのブレイン・ギア二号機製作だのに取りかかったら、出張と称して脱走したことになっちゃうわ」

ライラは、マッド・サイエンティスト一歩手前と言っても過言ではないアレクサンドル・デーゲルマルクの奇矯な言動を思い出し、一応釘を刺す。

「アイ・アイ・マム。──帰る頃になったら迂闊に隙を見せて軟禁されないよう、充分気をつけるから」

「お願い。私の心の平和のために、そーゆーコトは思っても口に出さないで」

「アレクに悪気はないんだぞ。自分の研究のことしか考えていないだけで。だから大丈夫」

「それのどこが大丈夫という結論に達するのか、レポート三枚にまとめて明日の朝までに提出しなさい」

「心配するなって。いざとなったらアレクの研究所を崩壊させて帰るから」

「……デーゲルマルク博士の研究所とは、軍の研究所でもあるのよね？」

事も無げに言う超A級の念動力者(サイキック)にライラは一応確認する。

何かを犠牲にするからこそ突出した才能を持つのだとしたら、バランスよく生まれついた自分自身に感謝したい。

こんな奇人変人に関わった人生でなければなお良かった。

「崩壊させる前によく話し合ってちょうだい。博士だって自分の研究所は大切でしょうから、快くあなたを帰してくれるはずよ」

「うん。――そうだ。私服を何着か用意しておかないと。まともな服が欲しければイエロー・タウンまで買い物に行くしかないだろうな」

軍から支給される衣料品の種類は多い。一目でわかる身分証明であり、作業着であり、訓練着であり、リラックスして日常生活を送れる普段着でもある。

基地内で生活している限り、男たちはほとんど私服を必要としない。せいぜい消耗度の高いTシャツを買ってプライベートの変化をつけるくらいだろう。

女性兵士も服装に頓着しないものや給料を貯金したいものは、支給品で間に合わせている。従って基地内の大型販売店がフロアに並べている衣料品は、高校生までの子供用かミセス物といった兵士の家族向けに限られた。

非番のデートや休暇でオシャレをしたい女性兵士のための個人商店は何軒かあるが、カジュアルな紳士服をチェーンや革細工などオシャレ雑貨のついでに飾っているのが男性用の個人商店だった。

男性向けの店は、客層に合わせてチャラいかガラが悪いかの二択しかない。ギャラ・コンの御用達には程遠い。

「あなたが服を買いに行っても、騒ぎになる絵しか思い浮かばないわ。シンプルで上質なものならネット通販のほうが買いやすいと思うから、そうしたら？　もし適当なものがなければ、デザインだけ選択してオーダーする方法もあるでしょう。採寸くらいは手伝うわよ」

「ああ、なるほど。まだ時間があるしな」

「着ていくものに悩んで右往左往するなんて、初めてダンス・パーティーに出席する女子高生みたいでおかしいわ。どうせ私服なんて買ってもその時にしか着ないんだし、宇宙軍の軍服か礼服でいいじゃないの？」

「その宇宙軍が警備するんだぜ。まぎらわしい格好をするなと怒られるだろ。しかも下手をすると俺の場合は……」

ルシファードにしては珍しく先を言いよどみ、その先が容易に読めてしまうライラもげんなりする。

「確かに軍人のコスプレをするイカレたオタクだと思われる可能性大ね。悲しいかな、その顔と長い髪とスクリーン・グラスじゃ、本物の軍人だと主張するほうが怪しまれかねないし。アルヴ・ストレナーゼ第一等勲章の略綬が判る人さえいれば、三つ持っている軍人なんてあなたしかいないから、いい証明になるんだけど」

「そいつは逆じゃねえ？　コスプレするにしても図々しいと小突かれそうなんだが」

いかにもありそうなケースなので、二人はしばし押し黙る。身分証を見せれば解決する話だが、結構宇宙軍に貢献してきたのに切ない。

「ネット通販で無難なデザインの服を買いなさい。それから白い服はやめなさいね。致命的なまでに白が似合わないんだから。夏服になったとたん、あなたを見るたび違和感を感じるわ」

二人は任官して以来、カーマイン基地に左遷されるまで基本的にずっと戦艦の乗船勤務だった。一定の室温と湿度が保たれている艦内は、半袖や白い夏服を必要としない。

「誰でも似合わない色くらいあるだろ。こうして髪を三つ編みにしていると多少マシだと思うんだが……」

「そうね。黒い髪でも短ければ、上が軽くなって印象も違ってくるみたい。あなたは白だけだからまだいいわ。私はパステル・カラーがほぼ全滅」

「そうか？　思い込みだろ」

「女は同性に容赦ないの。子供時代さんざん親戚や友人たちに言われたわ。浅黒い肌の色がくすんで汚く見えるからやめなさいって」

「お前はいつでもキレイだぞ。汚く見えたことなんて一度もない」

ルシファードはむっとして言う。

ストレートな強い言葉に驚いて親友を見上げたライラは、珍しく少し意固地な子供っぽい表情を見せる横顔に微苦笑を誘われる。

宇宙でも陸でも空でも一緒に戦ってきた。泥や汗、オイルにまみれた戦闘中の自分が美しく見えるはずがない。

現実問題ではなく、この男にとってのライラ・キムという女は、いつも綺麗な存在なのだろう。彼の中でそれは絶対で、他人が彼女を悪し様に言うのも許さない。

それは肉親に抱く愛情に近いものだった。

その思いが判るのは、ライラもルシファードに対して兄のように頼もしく、弟のように可愛らしく思う時があるからだろう。

ただし、今の言葉はライラだから理解できるのであり、ほかの人間が聞いた場合に誤解されかねない。

「綺麗だとは思ってくれるけど、凶暴で怖いんでしょう？」

「その通り。だけど、女ってみんな基本的にどこか怖いよな？　怖いところは様々だけど」

「おバカさんねぇ。その様々に怖いところが、女の魅力の一つなのよ」

「そ～かぁ～？　どこが地雷か判らねーと、こっちも付き合うのに覚悟がいるだろ」

「その割りには、何も考えずに口をきくのは誰かしら？」

「考えても地雷を踏むなら、駆け抜けたって同じじゃねーか」

ルシファードのふざけた応えにライラは笑い出す。

「トキメキも感じずに駆け抜けるから、恋愛のチャンスも通り過ぎちゃうんでしょ」

「それは吊り橋効果の話だろ。地雷原では恋に堕ちる前に吹き飛ばされるだけだって。ほとんどが『ろくでなし』とか『考えなし』とか罵倒付きで」

「つまり言われて当然のことをやらかしているのね？　恋のチャンスも吹き飛ぶわ」

基地併合による環境の激変を前にして、筋肉自慢のマッチョな羊たちは神経質になっていたが、二桁の転任と多くの戦場を経験した羊飼いと牧羊犬は平常心だった。

タフでマッチョな精神は、筋肉の総量ではなく多くの経験を経た心に宿る。


その日の夕方――。

急速に気温は低下し、やっと過ごしやすさを感じ始めた頃に通常訓練が終わる。

この季節は一日の寒暖差が大きく、日没後は上着がないと寒いほどの気温になった。

それでも運動する身には肌寒いほうがありがたい。

一日も早く夜間訓練のシフトになることばかりを願いながら、猛暑の日中訓練を終えた一同の頭にあるのは、シャワーを浴びてビールを呑むことだけだった。

練兵場の一角に集合した兵士たちは、自分たちの中隊を指揮監督する将校が、三人の小隊長たちと共にいる姿を目にして喜ぶ。

——ラッキー。××な一日の終わりに中隊長殿を見られるなんて気分いいぜ！

長身を半袖の夏服に包んだ美貌の中隊長の出現は、練兵場を吹き抜ける風のように爽やかな感動を分厚い胸に運んだ。

小隊長が一日の総括(そうかつ)をした後、中隊長殿からお前らろくでなしどもに特別ありがたいお話があると平凡な前置きがあり、鋭い号令がかかる。

非番のものがいるので全員はそろっていないが、下士官を含む百人近い兵士たちが一斉に敬礼する中、集団の前に進み出たオスカーシュタイン大尉は、一同に答礼し休みの姿勢を取るよう命じた。

「本日司令官殿より、最近の貴様らクソカスどものブッたるみぶりが目に余るというお話があった。連邦宇宙軍本隊との併合を来年に控え、現在の訓練を適当に流そうなんぞという心得違いをした××な××どもが目につくのは確かだ。この××原人ども。××の分際で××を××しようなんざ百万年早え！」

今日も疲れて重い体にビシビシ食い込む流麗な罵倒が心地よい。いちいち心のツボを突く下品な単語を交えた話に兵士たちは恍惚と聞き惚れる。

それは完成された美しい旋律だった。

ここにこーゆー単語を使って欲しいなぁと思う部分にひねりのきいた俗語が入り、新鮮な卑語で驚きを与え、重量級の罵倒語の連発で気力を奮い立たせる。

豊富な語彙と洗練されたセンスの持ち主でなければ、こうまで美事に罵詈雑言を織り込んでリズミカルに話せない。

日常的な挨拶にも下品な単語の飛び交う軍隊生活で、兵士たちは中隊長の足元にも及ばない自分たちの未熟さを痛感していた。

中隊長を見習って話術に精進を重ねた結果、ほかの中隊の連中には一目置かれるようになったが、併合された本隊で辺境基地のイモ野郎とバカにされないよう、日夜罵倒のスキルアップに励まねばならない。

「――ということで、俺は××なお前らの根性を××すべく本日決心した。いいか、××の××ども。×××な耳をかっぽじってよく聞きやがれ。明後日から休みなしで『地獄の特訓十日間』だっ！　泣こうがわめこうが××××ようが、容赦しねえから覚悟しろっ」

整列した兵士たちは、中隊長の決然とした宣言を聞き、顔を拳で殴りつけられたような衝撃を覚えてどよめく。

「じ、地獄の――……」

地獄という言葉は過酷な響きがある。これよりあとはないというギリギリの崖っぷち感。

兵士たちはこの単語が大好きだった。

天国なんぞ弾に当たればお手軽に行ける軟派な場所である。

泥の中をもがきつつ匍匐（ほふく）前進し、歯をくいしばって引き金を引き、塹壕（ざんごう）の中で月を見上げてつぶやく。

〝……生き地獄だぜ……〟

うお、カッコいい！

「……特訓――」

つまりが特別訓練だ。

特別にやる訓練だ。特別ハードなメニューの訓練だ。

辛いだろう、苦しいだろう。汗とほこりにまみれ、肺は必死で空気を求め、筋肉は引きつり鋭く痛み、体は鉛のように重い。

だがそれは生きているあかしだ。充実した時間が必ずそこにあるはず。

ああ、胸がトックン、トックンと高鳴る。ときめきが止まらない。

「……十日間」

短くはない。ナメてかかったら途中で挫折するだろう。甘い考えは捨ててかからねば。

長くはない。くじけることなく挑み続けた先に未来は拓けると、そう信じるものだけに栄光は待っている。

——……やる。やってやる！　俺たちは無敵で不死身で不屈で最強で最高の銀河連邦宇宙軍兵士だっ！

たくましい兵士たちは、紅潮した顔に決意と覚悟をみなぎらせ、おのおの固く握った拳を天に向かって突き上げながら咆哮した。

「やるぜ、やるぜ、やるぜ、俺たちゃやってやるぜっ！」

ルシファード・オスカーシュタインは満足気にうなずく。

司令官にも言った通り、体育会系の筋肉羊たちをその気にさせるのは簡単だった。

彼らの大脳を刺激するキーワードがあり、その言葉を聞かせると自動的にアドレナリンが放出される。

ただ、この方法にはかなり大きな欠点があった。

ななめ後方に控えた副官を振り返る。

軽く目尻のつり上がった大きな黒眸をキラキラと光らせ、固く拳を握ったライラは興奮を抑え切れない上ずった声で訴えた。

「ルシファ！　お願い、特訓メニューを私に作成させてちょうだいっ」

自分の副官まで、漏れなくその気になってしまうのだ。

勤務表に関係なく中隊所属の兵士を明日全員非番にしたのには、幾つかの理由があった。休みなしの特訓十日間を乗り切れるようにと休養を与え、急ぎの用事を片付けるべしという配慮もある。

何よりも副官に心行くまで特訓メニューを考案させる時間が必要だった。おそらく今晩は徹夜で考え抜くに違いない。

忘れてはいけない大事なこととして、ルシファードは軍病院の内科に連絡し、訓練中の事故と体調不良者のために救急衛生班を派遣してくれるよう依頼した。

特訓脱落者の救済方法を考えながら練兵場をあとにし、独身者用宿舎の自室に戻る。

ほとんど無意識にパスワードを入力して扉を開け、一歩足を踏み入れた居間の光景にうめき声を漏らした。

ソファに座ってカード・ゲームに興じている男たちの中から、ワルター・シュミットが軽く片手を上げてあいさつする。

「よう、お帰り。今日は遅かったじゃないか。先に始めているよ」

「……おい。いい加減にしろよ、ワルター。みんなで俺の部屋にやって来ては、夜中までゲームに興じやがって。ここのところ毎晩じゃねーか。幾らなんでも迷惑だと思わねえのか？　俺だってやりたいことはあるし、静かに考え事をしたい時もあるんだぜ」

「そう怒るなって。俺たちは俺たちで勝手にやっているからさ。お前は仲間に入らなくても、場所だけ貸してくれればいいから」

手持ちの札の二枚をテーブルの上に捨てながら、ラジェンドラ・モースがなだめる。

テーブルの上に積まれたカードの山から一枚を取ったエディ・マーカムが、不満げに眉を寄せて手持ちの札に加えながら言った。

「そうそう。なんなら寝ちゃってても大丈夫。こっちは全然気にしないよ。メンバーが足りない時は俺のトコの副官を呼び出してもいいし、ラジの副官も時々ならつき合うって言っているから全然困らないんだ」

「この部屋の持ち主である俺が気にするし、困ると言っているんだ」

ルシファードは腕組みをして友人たちを見下ろす。

この連中は悪質なことに、パスワードを変えると配線をいじってでもドアを開けて入る。

場の雰囲気に敏感なワルターは、愛想よく笑って友人の説得にかかった。

「頼むよルシファ。君の部屋が我ら亭主族の唯一の安息地なんだ。毎晩士官バーに通って呑んだくれるのは体に悪いし、女房殿は許しちゃくれない。健康的にカフェでおしゃべりしろと言われても、不特定多数が頻繁に出入りする場所は落ち着かない。君の部屋なら、他人の耳目を気にせずくだらないヨタ話をしたり、ゲームをしながら好きなものを飲み食いできる。君だって俺たちと遊ぶのは嫌いじゃないだろ?」

「程度の問題だって言っているんだ。俺だけじゃなく、みんな平等に家はあるだろう。しかも家族用住宅は部屋数も多いし、ここより広い。毎晩は女房の目がうるさいっつーなら、一晩ずつ持ち回りで各自の家に集まればいいじゃねえか」

ルシファードのもっともな主張を憫笑で聞き流し、妻帯者たちは優越感の混じった愚痴を言い始める。

「独身のルシファアにゃあ、判らねえだろうなぁ。家っていうのは、女房の縄張りなんだぜ。あいつらはな、自分の縄張りで亭主がろくでなしの友達を集めてバカ騒ぎをするのが我慢ならねえんだよ。勉強会や仕事の相談なら許します、だけど下品で愚にもつかないムダ話に興じるつもりなら外でやってちょうだい！　と、くる」

「そうそう。食べカスで絨毯を汚しただの、コーヒーでテーブルクロスにシミを作っただの、アレを片付けないコレを台無しにしただの、うーるーさいうるさい。移動して使ったあと、ちゃんと戻したイスの角度にまで文句をつけてくるんだからたまらないよ。あっちの注文を全部聞こうと思ったら、こっちは強迫神経症にかかっちゃうよ」

エディがまくしたてる細かい話に、ラジェンドラとワルターは同情と共感の面持ちで何度も深くうなずく。

聞きようによっては、キレイ好きでしっかりものの女性を妻に持った男のノロケとも受け取れる。

勿論、ルシファードの耳には単なる雑音だった。

「大事なことを忘れているようだから思い出させてやる。お前たちは自分の意志で結婚したんだぞ。多少独身時代と違って不都合が生じようと、それはてめえのした選択の結果だ。俺にケツを持ち込むんじゃねえ」

「ひどーい。ルーちゃんたら俺たちがどんなに肩身の狭い思いで暮らしているかを知ろうともせず、傲慢なんだから」

「仕方がねーよ。ルシファはルシファで仕合わせなんだからよ。不自由な幸せを選んだ俺たちの人生がどれほど豊かでも、ルシファに分けてやれねえしな」

「結婚しないといつまでも子供でいられていいよねぇ。責任も軽くてすむし」

無断で部屋に侵入し不法占拠した挙げ句、自分たちの行動を理解し同情しろと要求しつつ、優越感に満ちた言葉で独身を非難する。

あまりにも理不尽な友人たちの薄笑いを浮かべた顔を見回し、部屋の持ち主は平淡な口調で言った。

「そうか。俺も結婚したら、お前たちから解放されるんだな」

「おいおい、一人で納得するなよ。結婚ってのは相手がいるんだぜぇ」

悪友たちは笑い出す。

たとえ本人が言わなくても、注目の的であるルシファードの情報が広がるのは早い。

遊びの誘いには、まず乗らない。その反対もない。

一度だけ、需品科のドミニク・バンカー少佐と派手に浮き名を流したが、あれは採寸の名の下にセクハラをする悪名高い需品科の餓狼集団と真っ向から戦った名誉の負傷（？）のようなものだった。

ルシファードの尊い自己犠牲のお陰で、悪質な集団セクハラはなくなり、泣き寝入りするしかなかった被害者の男たちも安堵に胸を撫で下ろした。

あまりに淡泊なので、同性との関係を疑う噂も何度か出回ったこともある。

類稀なる美しさと恐ろしさで周囲を脅かすサイコ・ドクターズを筆頭として、仕事で派遣されてきた宇宙軍本部所属のラフェール人の少佐、セクシーな無頼派の憲兵隊長、輸送科のメカ・ケルベロスことクール・ビューティなマコト・ミツガシラ少尉、等々。

この場にいるワルター・シュミットもその一人だったことから判るように、一緒に食事に行くほど仲が良い友人関係でしかない。

共通するのは、全員盗撮した写真が非常に売れる程の姿の良さ。

つまり見目の良い男たちがツーショットで仲良くしている光景は、どんな状況下でもご馳走という『パープル・ヘヴン』愛読者の燃料投下式ゴシップだった。

今すぐルシファードの結婚相手になりそうな人間は、男も女もこの基地には存在しないと、悪友たちは確信している。

そこにつけ込んで押しかけているのだから。

「俺にも我慢の限界はあるんだぞ」

口々に冷やかす友人たちの態度に腹を立てる風でもない。

姿勢良く立つルシファードは一同を静かに睥睨（へいげい）し、そう宣言した。


特訓一日目は無難に体力測定から入った。

ただし、ライラの発案でクリアには条件がつけられているため、たかが体力測定とあなどったら即脱落する。

都市迷彩の戦闘服の前後にゼッケンをつけた男女が、砂ぼこりと地響きをたてながら五百メートル・トラックをほとんど全力疾走に近い速度で走る。

そのようすを遠目に見ながら、ルシファードは隣に座る軍病院の内科主任に話しかけた。

「なぁ、ベン。このクソ暑い中、わざわざ多忙を押して内科主任に来てもらうほど大規模な演習じゃねえぞ」

「併合を控えて病院全体が殺人的に忙しいんだ。サボリの口実に使わせろ。暑くてもテントの中なら直射日光は差さないし、空気は乾燥しているから思ったよりしのぎやすい」

「なら、いいけど。併合を控えて病院も忙しいってなんで？」

珍しくも迷彩服に白衣を着たカジャ・ニザリは、基地内情報にうとい男をあきれて見遣（みや）る。

「現在建設中の外宇宙探査基地にカーマイン基地が併合されたら、ここの軍病院は民間に払い下げられる。その前段階で、すでに民間人の病院長が就任し、経営状態をチェックしたり今後の方針を決定するために色々と調査している」

「病院長がヴァン・ユー氏から新しい人間に変わったのは知ってる。もともと定年だったんだろう？　病院内のリベート案件で、ドクター・アラムートが病院長を院長室で締め上げている時に聞いた」

「完全に民営化されるとスタッフも入れ替わる。軍籍にあるものは各戦艦の医療スタッフとして乗船するか、除隊して別の就職先を探すことになるだろう。勿論、希望すれば新たな雇用契約を結び、新体制になった民営の病院に残れる。今忙しいのは、どんな医師が集まるか不明な民間病院に変わる前に、優秀さが広く知られている医師の診察を受けようという連中が、紹介状を持って押し寄せているからだ」

軍病院は緊急の治療を必要とする患者以外は、基本的に軍関係者かその紹介状を持つものでなければ利用できない。

はっきりと自覚症状があり、深刻に受け止めざるを得ない病状ではない限り、普通の人間は進んで病院に行きたいとは思わない。

しかし、いつでもかかれると思っていた名医がいなくなると聞けば、未来の安心を求めて診察してもらおうという気になるのが人間だった。

十四、五歳の外見をした白氏族の内科医は、簡易机に置かれたモニターが映し出す兵士たちの姿に視線を据えたまま話を続ける。
「サラは、死にそうもない患者の手術ばかりが増えると怒っていた。簡単な手術は若手の医師に回すとしても、手術の絶対数が増えるのだから当然あいつも忙しい。あのサラが、ゆっくり病理解剖を楽しむ時間もないのだから、事態はかなり深刻そうだ」

「へぇ、そんな事態に。ここのところ忙しかったせいで、軍病院に行かなかったからなー」

「逆を言えば今だけとも言えるな。私は押し寄せる患者を各医師に振り分けながら、病名の不明な難しい患者を診察して、総合的に診断を下す。やることに変わりはない。単純に数が増えただけだ」

接触テレパスという超能力を生かして、白氏族の内科主任はずっと仕事をしていた。

相手の体の一部に触れていれば、相手の精神状態や苦痛も感じ取れる能力で得た情報を、多くの専門知識や経験に照らし合わせて診断を下す。

カジャの天職だと思うが、一日中多くの患者の苦痛を感じ続ければ、精神も肉体も相当疲弊するだろう。

演習への協力を口実に逃げ出したくなる気持ちも理解できる。

「それで、あんたはどうするんだ?」

「どうするとは?」

「宇宙軍の戦艦の医療スタッフになるのか、除隊して別の惑星の病院に勤務するのかって聞いているんだよ。ここが居心地がいいなら残るって選択肢もあるか」

「そんな先のことを考える余裕はないな。まだ宇宙軍から希望も打診されていないし」

カジャは、バーミリオン星にたどり着くまで、多くの場所を点々としてきた。自分を取り巻く環境の激変は、考えたくない不快な未来だった。

また新たな環境で人間関係を構築し直さなければならない。考え始めると不安で夜も眠れなくなる。

サラディンは隣に座るこの男と、将来について何か約束があるのだろうか。

ゲスの勘ぐりのように誤解されたくないので、時折話す機会のある外科医の友人には、先のことを何も尋ねていない。

勇気を出して聞くなら今は丁度いい機会だった。

軍隊を辞めるとは思わないが、お前はどうするんだと尋ねてから、自分の行く末を考えてみるのもいいだろう。

「お前――」

「俺の乗る戦艦の専属になればいいじゃん」

うつむいて言いかけたカジャの声にかぶって、低い声がなんの屈託もなく言い放つ。

突然の勧誘に驚き、白氏はオレンジ色の双眸(そうぼう)を当惑にまたたかせる。

「……お前の一存でスタッフを決められるのか？　それともお前の乗る艦が決まってから、私が希望を出す形になるのか？」

「俺が艦長になると思うから、俺の希望は通ると思うけど。戦艦勤務は嫌いか？」

「いや構わないが、私の階級は中佐だぞ。お前の乗り込む戦艦がどんなものか知らんが、規定にひっかからないか？」

「医療科の将校には指揮権がないから、もともと問題ねえよ。その証拠に日常訓練は全部免除されているだろ？　それにまだ公にするとマズイが、俺が艦長になる船は特殊なコンピュータを搭載した新造艦なんだ。戦艦のクラスに合わせる形で、艦長任命時に俺を中佐に昇進させるという話もされた。ここに左遷される前はすでに中佐だったし、バーミリオン星の問題を解決したことでの昇進に文句はないようだ」

カーマイン市の地下に外宇宙からの宇宙船が埋まっていた事実を発表する前なので、関係者の昇進はまだ正式に決まっていない。

惑星軍のクーデターや流民街マフィアを陰で操っていた組織との攻防を指揮したラクロワ中佐は、その功績で大佐に昇進し基地司令官になった。

その上官で前基地司令官だったブレッチャー大佐は、AFS（アフス）輸送機撃墜事件の責任を問われ、一階級降格された上にヴァンダイク方面軍総司令本部主計科に異動。

実質残り一年のカーマイン基地司令官は、外惑星探査基地と合併後にその司令官となる。

つまり一連の事件の問題解決にアンリ・ラクロワの功績は大きいと中央本部は判断した。

本人は、優秀な部下の自由にさせていただけだと謙遜するも、ルシファードのような部下を自由に活動させるだけで相当な胆力を必要とする。

事件の考察をした中央本部情報部の調査官たちは、報告書を精査して青ざめていた。

流民街消失事件の最後に少しだけ関わったカジャは、軍人たちの昇進の裏にある事情など、ほとんど知らない。

ルシファードに言われた通りに受け止めた。

「わかった、そのつもりでいる。……サラにはその話をしてあるのか？」

ただ一人の友人が黙っていたのなら、少し哀しいかもしれない。

迷彩服の胸ポケットから携帯端末を取り出しながら、ルシファードはかぶりを振る。

「いや、全然。親父から直接言われた話なんで、まだ極秘じゃねえのかな？　なんであれライラはどうせ俺と一緒だし、あんたやドクター・アラムートがどんなに文句を言おうとも、最初から医療機材と一緒に積み込んじまうつもりだったけど」

「私たちはCTと一緒か！　なんという自分勝手な男だ……っ！」

「今頃気づいたみたいに言うなって。――あ、俺だ。駆け回って喝入れするのはいいが、そろそろ本部に戻って来て水分補給をしろ。熱中症になるぞ。……言うことを聞け、このアマ！命令だ、命令っ！　じょー・かん・め・い・れ・い・だっ」

副官との通話を終えた直後、今度は巨漢の小隊長を呼び出す。同様の命令を下した彼はそこでも抵抗にあい、上官命令という強権を発動した。

カジャは迷彩服の膝をつかんで、モニター画面に意識を集中しようと試みる。

泣きそうだった。嬉しくて。

この男は自分の身内と思ったものには、余計な思惑や細かな計算などせず、問答無用で居場所をくれる。

その大らかさと言葉のない優しさに今までもどれほど救われたことか。

「ったく、どいつもこいつも初日から無意味に熱血しやがって。クソ暑苦しいっ。——ん？どうした、ドクター。砂が目に入ったのか？」

「……そのようだ」

「ただでさえほこりっぽい場所を筋肉羊の群れが駆け回ってやがるからな。綺麗なオレンジ・キャンディの目玉に傷でもついたらコトだ。衛生兵に蒸留水で目を洗ってもらえよ」

ルシファードは手を伸ばし、綿菓子のような白い髪に薄く積もった砂ぼこりを指先で払う。

「そうする」

折りたたみイスを引いて立ち上がったカジャは、毎度ながら相手の鈍感さに感謝しながらその場を離れた。

三日目に骨折者が二人出た以外、ケガは打撲とすり傷程度で済んでいる。

その代わり体調不良による脱落者は、五日目が終わった時点で全体の二割にのぼった。

医師が常に訓練を監視し、少しでも異常があると認められた者は早目に休ませ、必要な水分と栄養を与えても、それだけの人数が挫折している。

細長い体つきからして、いかにも体力がなさそうだった小隊長のボナム少尉も、過労による体調不良で脱落者リストに名を連ねた。

「半分終わった時点で五分の一か。地獄と銘打っただけのことはある。だいぶ淘汰されたようだな。折り返し日のわりに動きは悪くない」

今日も中隊長の隣でモニターを眺めるカジャが、感心して言う。

無反動ライフル銃を手にした上に三十キロある正式装備を背負い、障害物をよじ登ったりすり抜けたりしている兵士たちの動きに、さほど疲れは感じられなかった。

「朝、一発ムチを入れたからな。これから全中隊を対象とした特訓が時間差で始まることとなった。この中隊の記録を目標として各中隊が競うことになる。てめえら、俺に恥をかかせるんじゃねえぞ、とな」

「ひとでなし」

「しまいにゃランナーズ・ハイになって、あれはあれで幸せそうだから、勝手に頑張らせればいいんだよ。殴ったり蹴ったり怒鳴ったりすると喜ぶマゾヒスト集団と思えば大差ねえし」

体育会系人間を理解しようという努力は、士官学校時代のうちに放棄している。ルシファード自身は現在の状況を冷静に分析して把握し、正確なペース配分で命じられた課題をクリアする理数系の生徒だった。

体育会系の教官からは〝可愛げがない〟とか〝何を考えているか判らない〟と言われ続け、挙げ句がすべての課題をクリアしても、必ず余力を残すばかりに〝なまけもの〟扱いされた時は非常に当惑した。

余力のないところを襲われれば殺される。

子供の頃から危険にさらされて生きてきたルシファードが、命がけで覚えた教訓を教官の怒声より優先するのは当然のことだった。

一時の激情で、さほど意味も効果もない行動に余力を使い果たすなぞ、彼の目には自殺行為と等しく映る。

「病的な集団だな。しかし、気力を振り絞って続けても、おのずから体力には限界がある。このままでは七日目か八日目あたりが危ないぞ」

「六日目の昼から特別メニューの食事を出すよう、兵士食堂に手配させた。あからさまに食い物でドーピングってワケだ。もちろん注意は必要だが、最後まで体力は持続するだろう。どっちかっつーと気のゆるむ九日目と最終日がやばい。大きな事故を起こさねえよう、俺も終日現場に立って引き締めをはかるつもりだが……」

黒髪の男はテーブルに頬杖をついて、いかにも面倒そうに語っていたが、指揮官としての手腕を評価したカジャは素直に称賛した。

「大したものだぞ、オスカーシュタイン中隊長。この場所で立ち会いをするまで、お前はライラに訓練の監督を全部押しつけて、ただグータラしているだけだと思っていた。無能どころか優秀な指揮官だ。他人よりずっと多くの勲章をもらっているだけのことはあったな」

「あまり誉められていないよーな気がするのは何故でしょー？　まぁ、別にいいんだけどサ」

「悪く言われるのに慣れ切っているせいだ」

「給料分の仕事は俺だってしているぜ。部下が臆病で弱っちい不良品ぞろいだと、戦闘で俺が困るんだからな。基地が本隊に併合されたあと、部隊改編でこいつらが個々にどうなるのか知らねえが、やるだけのことをやっておけば、少なくとも本人たちの自信になる。辺境惑星の貧乏基地出身者だとバカにされようと、殴り合いのケンカに勝ったらこっちのモンだ」

男のケンカは口でなく拳でやる。そして、強いほうの言い分が正義として通る。

カジャは温かな気持ちになって微笑む。

筋肉ダルマだ迷彩羊だマゾの集団だと上官からさんざんな言われようの兵士たちだったが、頭は悪くても愚かではなかった。

指揮官が不出来だと部隊は戦場で全滅する。おのれの命運をゆだねるのに値する指揮官かどうか、兵士は本能で見抜く。

高い戦闘能力を持ち、男の誇りのなんたるかを知り、時に父親的な慈愛を見せるこの男を部下たちが慕うのは、当然のことだった。

ルシファードは気づいているだろうか。

どんなに罵倒し本気で部下たちの敬愛を鬱陶しがろうとも、彼らの思いを尊重し決して裏切らない自分に――。

九日目は天気が悪く、しかも土砂降りだった。

医療班と指揮官の入るテントは、舗装されたリニア・システムの上に張られたので、足元が濡れる程度のものだったが、練兵場はいたるところにぬかるみができ、ひどいところでは沼のような有様になっている。

模擬戦を練兵場で監督していた中隊長が、ずぶ濡れになって戻ってきた。

水滴が素顔の目元を涙のように伝う。濡れると極端に視界が悪くなるスクリーン・グラスはテントの外に出る前に置いていった。

内科主任がタオルを差し出したが受け取らない。

その前にやることがあるとばかりに上着のポケットから次々と中身を摑み出し、乱暴にテーブルへと放り出す。

障害を排除した上で濡れた上着を脱ぎ、機械的に絞り始める。

「クソ野郎どもは頭から爪先まで泥だらけで、味方も敵もわかりゃしねえ。泥ダルマが転がり回る肉弾戦を監督するこっちも気が滅入るんで、屋内訓練に切り換えた」

話しながら、これ以上は生地を傷めるだけというところで絞るのをやめ、今度は服を広げて手早くシワをのばす。

一般人の握力しかないカジャは、妙に軍人らしさを感じさせる一連の素早く徹底した動作を感心して見ていた。

なんというか見ていて、無駄のなさがとても小気味いい。

男らしい仕草に見惚れてばかりもいられない。

カジャは、絞った上着をイスの背にかける男から移動の場所を聞くと、手持ち無沙汰に雨を眺めていた医療班に向かって、本部の撤収と別の場所への移動を告げる。

その指示を受けてこちらを振り返ったナースたちが、口々に黄色い悲鳴を上げた。

何事かと焦って顧みた視線の先に、今度は深緑色のＴシャツを脱いで絞っているルシファードの姿がある。

濡れると体に貼りつく長い黒髪は、編んでおいて正解だった。

「ストリップでも始める気か？」

「バカぬかせ。商売柄、野郎の裸なんぞ腐るほど見てきただろーがよ」

まったくその通りなのだが、ナースたちはラッキーを連発して騒ぎ、仕事が手につかない。

衣類の乾燥を早める処置をしてから、ようやくルシファードがタオルを手に取った時、数台の移動用大型車両がテントの後ろを通り過ぎ、少し行ったところで止まる。

車軸を流すような雨のせいで視界は悪い。

怒鳴り声に近い掛け声とそれに呼応する野太い声のお陰で、兵士たちが向こうから分隊単位で車に乗り込むべく集まってくるようすが判った。

テーブルの上に放置されていた携帯端末の呼出し音が鳴る。

首にタオルをかけた中隊長が取り上げて、立ったままそれに応答する。

「俺だ。……ああ、来たぞ。今テントの近くに止まっている。——あ？　雨音でよく聞こえねえよ。もっとデカイ声で話せ」

雑音を耳に入れまいと片耳に指で栓をして話すルシファードは、副官との会話に意識を集中していたため、かけ足で集まってきた小隊の兵士たちに注意を向けなかった。

車よりだいぶ手前で呆然と足を止めた兵士たちは次の瞬間、声なき大歓声を上げた。

カジャはあえてルシファードに忠告せず、アホタレな兵士たちの生態を興味深く観察する。

女性兵士が騒ぐのは仕方がないが、日頃は小山のように盛り上がった筋肉を自慢している野郎たちまで一緒になって〝ラッキー！〟とか〝もういつ死んでもいい〟とか〝生きててよかったー〟などと、ナースたちにまさるとも劣らないミーハーな反応を示すのは、なかなか愉快な光景だった。

半裸の麗しき中隊長殿のお姿をもっと前で拝もうとする兵士が押し合いへし合いし、その動きを視界のすみにとらえたルシファードが顔を上げる。

「何をアホ面(づら)並べて見物しているか、グズノロのクソ豚どもがぁ――――っっっ！　さっさと荷馬車に乗って×××に向かいやがれっ！」

激しい雨音をものともしない大音声。

怒鳴りつけられた兵士たちは、文字通り飛び上がると全速力で走り出す。

さらに中隊長は猛烈な罵倒語を機関銃のように浴びせて追い立てた。

ライラとの通話を終了したルシファードは、イヤホンのコードを巻き取るボタンを乱暴に押し、憤然と吐き捨てる。

「……下らねえコトではしゃぎやがって。俺はグラビア誌のヌード・モデルかっ！」

「中隊の偶像(アイドル)は辛いな。しかし、連中には何よりの励みになったんじゃないか？」

「うるせえ。それ以上くだらねえコトほざくと犯すぞ」

不機嫌な言葉は男にとって慣用句に近いものだったが、一向に荷造りの進まないナースたちは一瞬凍りつく。

前にも増して大きな黄色い悲鳴が上がった。

「今度はなんだ……？」

〝ステキー〟だの〝ぜひ犯して〟だの〝絵になるわぁ〟だの〝お似合いのカップルね〟等々。

もはや腐女子を隠す気のない盛り上がりよう。

上司の目がすぐそばで光っているせいか、携帯端末などで盗撮しないだけマシだとあきらめるしかない。

「ドクター・ニザリ。あなたの部下は皆さん、あのようにおっしゃっていますが、どう対処致しましょう？」

「するな。やったら、マリリアードに貴様の所業を泣きながら直訴してやる」

「私もお嬢さん方のご期待には到底沿えないと思います。まず生理的に不可能でしょう」

「馬鹿者。上品な言い方なら下品なことを言っても許されると思ったら、大間違いだぞ。撤収準備が進まないから、いい加減に服を着ろ」

「おいおい。今言ったことのどこが下品なんだよ。説明してくれ、ドクター」

ルシファードはにやにや笑いながら、生乾きもいいところのTシャツを手にした。


十日目は前日の大雨が夢だったかのように快晴だった。

大雨は練兵場に点在する泥濘（ぬかるみ）として名残をとどめていたが、お陰で砂ぼこりが減ると歓迎された。

水はけを考えて設計されていることでもあり、一日の訓練が終了する頃には一番大きかった泥濘さえ跡形もない。

最終的に中隊全体の三割が脱落していた。それでも特訓メニューの過酷さを考慮すると、脱落者とケガ人の数は当初の予想をずいぶん下回っている。

加えて記録的にもかなりいい成績が残った。これからこの数値を基準に特訓するほかの中隊は、ルシファードの中隊をさぞかし恨むだろう。

地獄の特訓十日間を乗り越えた兵士たちは、さすがに立っているのがやっとというものが大半だった。

肋骨にヒビが入っていたり、テーピングで我慢した捻挫を悪化させていたりと、脱落一歩手前のケガ人も多い。

兵士たちだけでなく、中隊長や小隊長たち士官にもかなり過酷な日々だった。

昼間は訓練を指揮監督し、夜はその日の記録の整理と通常勤務の書類仕事をこなさねばならない。

これがしばしば深夜に及ぶ。

ルシファードは書類の決済と中隊の活動維持に関わる雑多な申請書の作成、ライラは特訓の記録整理と次の日の準備というように二人で中隊の仕事を分担した。

小隊長たちは、個々の部下の体調把握と中隊長に提出する書類仕事がある。

管理職でもある士官たちは、書類の提出が停滞すると上官から叱責を受ける。特訓は中隊が勝手にしていることであり、組織の運営に支障をきたすのは許されない。

兵士たちは肉体的にきついが、次の朝に練兵場で整列できさえすれば、夕食のあとベッドに倒れ込む自由がある。

一緒に訓練メニューを消化していないにも関わらず、体力のないボナム少尉が途中に一度過労で倒れたように、士官たちにとっても厳しい十日間だった——。

中隊に所属する士官と下士官、兵士。皆、疲労で重い体を引きずるようにして、夕日に赤く染まる練兵場の一角に集合する。

どの顔にも過酷な特別訓練をやり遂げた満足感と安堵の笑みが浮かんでいた。

オスカーシュタイン中隊長が兵士を代表した各分隊長に、完遂者の数のピンバッジをねぎらいの言葉とともに手渡し、固い握手を交わす。最後に互いに敬礼するという軍隊には欠かせない儀式をくり返した。

続いて、小隊長たちが全体を総括(そうかつ)してそれぞれの思いを話にする。

最後に話の順番が回ってきたルシファードは話すネタも尽き果て、かつ空腹で眠かった。

一体何を話せばいいんだか……と思いつつ、スクリーン・グラス越しにも判る遠い視線を練兵場の彼方に向ける。

——あー終わった終わったー。長かったぜ、ちくしょう！　明日は非番だー暑苦しい筋肉ダルマどもの顔を見ないで済むぞーやっほい！

ルシファードは、彼の言葉を待つくたびれ果てた兵士の集団に向かってにっこり笑った。

夕日が彼の歯を白く輝かせる。

「……終わった、な。よくぞやり遂げた。自分を誇りに思っていいぞ。以上」

ダラダラ長話をするような状況でもない。

早くシャワーを浴びて着替え、夕食を食べに行ったあと今日の分の書類を片付けて眠る。訓練後のスケジュールが、ルシファードの頭の中には分刻みで出来上がっていた。

兵士たちが顔を歪める。と、そこここで雄牛に似た叫び声が上がり、それに誘われて兵士たちが次々と号泣を始めた。

――あ？　なんだなんだ？　しまった、失敗した。あっさり済ませれば即座に解散できると思ったのに！　結局こいつらは、終わったという事実だけでここまで感動しやがるのか。

ルシファードは遠ざかる夕食とベッドに悲しく思いを馳せる。

号泣するマッチョな男たちの集団を何度見ただろう。一度たりとも見たいと思ったことはないのに、何故か自分の人生はこの光景と縁が深い。

我が人生に一片の悔いなしっ！　カーマイン基地に栄光あれっ！――と、心の中で叫んでいるのが聞こえてくるような兵士の群れから、ななめ後方の小隊長に視線を転じる。

歯を食いしばったアダン曹長は怖い顔で天を仰ぐ。涙をこらえているだけ自制心があった。

どう見ても体育会系ではないので少し期待していたボナム少尉とウィリス少尉も、拳で涙を拭っている。

一好評連載!!▶ 荒川 弘／尚 月地／那州雪絵／びっけ／篠原烏童／碧也ぴんく／松尾マアタ／高嶋ひろみ／文善やよひ／草間さかえ／池田 乾／金色スイス／鈴木有布子／山田睦月×菅野 彰／まるかわ／霜月かいり／平澤枝里子／夏乃あゆみ／ミキマキ／杉乃 紘／カトリーヌあやこ／堀江蟹子／菅野 彰×南野ましろ 一読み切りシリーズ!!▶りさり

ウェブで展開する、もう一つのウィングス!!
ウェブマガジン ウィングス
池田 乾／押上美猫／桑田乃梨子／テクノサマタ
高嶋ひろみ／高橋冴未／金色スイス／藤たまき ほか

ウンポコweb
うぐいすみつる／藤生／まじこ ほか

https://www.shinshokan.com/webwings/

毎月28日更新!! 「無料

7・8月発売のウィングス・コミックス

自分の背後にいるライラを振り返るのはやめた。

そこに見出すだろう光景に耐える気力は今の自分にない。

うっかり体育会系の中に迷い込んでしまった理数系。ルシファードはその後何分間か、マイノリティーの辛(つら)さを噛みしめることとなった。


おお、我が愛しのベッドが俺を呼んでいる～と、古いラブ・ソングの一部を改変した鼻歌を歌いながら、ルシファードは自分の部屋に戻ってきた。

書類はすべて片付けた。

ライラには記録の総集計など後回しにして、今夜はともかく寝ろと命じた。

心置きなくベッドの海にダイブできる。——はずだった。ドアを開けて、居間で麻雀(マージャン)に興じている悪友どもを目にするまでは。

「お仕事お疲れさま～。今日で特訓は終わりだろ？」

「慰労会を兼ねて酒を持ってきたぜ。ウイスキーか？　ワインか？　なんならカクテルだって作ってやるぜ」

一応特別訓練のあいだは遠慮してくれたらしいと判っても、全然嬉しくなかった。

この瞬間に限界を超えたことを悟ったルシファードは、友人たちのねぎらいの声を一切無視して居間を横切った。

壁際に置いた机の画像電話を使い、軍病院の外科を直接呼び出す。

久々に顔を見た蓬莱人の外科主任は、殺人的に忙しいという話にもかかわらず、疲れたようすもなく優雅に美しい。

少し気持ちが和んで笑顔になれた。

「久しぶりだな。物凄く忙しいところを呼び出したりしてすまない」

『簡単な手術の患者は一段階つきました。今、忙しいのは外来が異常に増えた昼間だけです。夜は急患が入らない限り、以前より余裕があるくらいで助かります』

「そうか。元気そうでよかった」

『あなたも。カジャから地獄の特訓十日間の話は聞いています。大変でしたね。楽しそうでもありましたけれど』

サラディン・アラムートの口から地獄だの特訓だのと聞くのは、とても違和感があった。

「実はドクターに頼みがあるんだ」

『なんでしょう?』

「俺はコンピュータ・プログラムを書くための、静かな時間とそれをできる環境が切実に欲しいんだ。だけど、友人の女房持ちどもが俺の部屋をたまり場にしやがる。独身士官用宿舎だと別の部屋に移っても同じことだ。今いる宿舎を出て、戸建ての家族用住宅に移るためには結婚する必要がある。だから俺と結婚してくれ、ドクター」

通話相手がドクター・サイコと知って大人しくしていた悪友たちは、ルシファードの提案を脇で耳にして仰天する。

しかも――。

『いいですよ。ただし、一つ問題があります。私は刃物の扱いこそエキスパートですが、料理はまったくできません』

「大丈夫。料理なら俺が凄え得意だから。お望みなら毎晩フルコースを作ってやるぜ。デザートもバッチリ」

『本当ですか！　毎晩フルコースはさすがに結構ですが、デザートがつくのは嬉しいですね。……その、オレンジのクレープ・シュゼットが、とても好きなんです』

食事に執着するのははしたないことだと思ったのか、少し恥じらって言う外科医は遙か年上にも関わらず可憐だった。

「チョロイもんだ。お望みなら本当に毎晩作ってやるって」

「やめろぉ―――っっっ！　頼むからヤケになるな、ルシファ！」

ワルターが恐怖を克服して叫ぶと、ラジェンドラやエディ、ラジェンドラの副官も必死で引き止め始めた。

「俺たちが悪かったっ。おまえの都合をちゃんと聞くから、自分の人生を地獄に放り込むようなマネはやめてくれっ」

「反省するから謝るから、それだけはやめてくれ考え直してくれっ」

口々に叫んでルシファードの標準よりだいぶ長い足にすがりつく。ドクター・サイコの視界に入らないことを内心祈りつつ。

「離せよ。俺は決めたんだ。静かな夜を取り戻すためにはこれしかねえ。相手もいないのに結婚できるかとバカにしやがったが、銀河連邦法では同性同士の結婚も認められているんだから文句ねえだろ」

「悪かった、俺たちが悪かったから！」

「うるせえ！　足を離せ、コラ」

画面の外で起きている騒ぎを聞いて、どのような事情か知った医師は優しく微笑む。

『大尉。わざわざ結婚までしなくても、私はあなたに静かな夜を提供できますよ。ご存じのように私は仕事が大変忙しくて、宿舎には着替えを取りに行くのと眠るために時々帰るようなものです。あなたに私の部屋のパスワードを教えて上げましょう。私がいてもいなくても勝手に使ってくださって結構ですよ』

「本当かっ！　それ、凄(すげ)え助かる。ドクターのトコなら、こいつらだって絶対やってこれねえもんな。最高に嬉しい！」

『その代わり……と言ってはなんですが、私がいる時であなたに余裕がありましたら、クレープ・シュゼットを作っていただけますか？』

「もちろんだよ。なんだって作るさ。――ありがとう、サラディン。俺の愛と感謝と敬意はあんたのものだ」

『私もあなたを愛していますよ、ルシファード。それでは、お休みなさい』

「お休み、ドクター。あんたの仕事が終わって今夜はちゃんと眠れることを祈っている」

通信を切ったルシファードは、勝ち誇って友人たちを振り返った。

「幾らなんでも……幾らなんでも飛び道具すぎるよ、ルーちゃーん！」

「そりゃ、最強の抑止力だろうがよ……」

「何度でも謝るから、お願いだよ。考え直してくれ」

友人たちの哀願も嘆願もすべて振り切って、ルシファードはきっぱりと宣言する。

「今夜でホーム・パーティは終わりだ。最後の夜を心行くまで楽しみたまえ、君たち。俺は寝るからきちんと後片づけをしておけよ」

サラディンの好意によって悩みを解消できたルシファードは、上機嫌で寝室に引き上げる。

独身と既婚者の区別がない医師用の宿舎には立派なキッチンがあると聞いていたので、今まで料理の腕がなまるのを心配していた彼には最高の環境だった。

階級社会の軍隊では住居も階級で差がつく。サラディンは大佐なので部屋も広く、部屋数も余分にあるのだろう。

――だったら同居ってのも悪くねぇよな。

プロポーズをしたくらいなのだから、そうなると状況的に同棲と呼ばれることに思い至らないあたり、恋愛に関して〈好き〉と〈恋〉の区別がない幼児レベルのルシファードだった。

そもそも同居するために形式だけの結婚をしようという非常に失礼な提案を受けてくれそうなのは、大人なサラディンしか考えつかなかった。

しかも相手の自分に対する恋愛感情を知っていながら、自分には恋愛感情がないのに便宜上のプロポーズをするという鬼畜ぶり。

無神経の極みと非難されても言い訳できない。

ただし、口に出したこと以外の思惑や悪意がないのを判っているサラディンは、その程度の暴挙で動揺せず冷静に実利を取る。気長に付き合うつもりで、籠絡する機会が一つ増えた程度のことに思っていた。

これがライラだったら、偽装結婚の提案を聞いた直後、烈火の如く怒り狂う。

『私に勤務時間外まであなたの面倒をみろと言うの――っっっ！』

その怒りは、至極もっともなものだとルシファード本人も思う。

時間的には今日になったが、都合よく非番だった。

まずサラディンの宿舎に行ってキッチンを見せてもらい、必要な道具をそろえるために大型販売店へ買い物に行こう。オレンジ・クレープ・シュゼットの材料は必須だった。

ルシファードは今後の夢の計画に気を取られ、サラディンの最後の言葉も聞き流した。

それを聞いていたワルターたちは、その言葉に衝撃を受けた。

『私もあなたを愛していますよ、ルシファード』

だが、彼らはサラディンへの恐怖から意味を曲解する。

ルシファードがドクター・サイコに魅入られたなどという、皿にも恐ろしい話は死んでも口外できない。

自分たちのせいで友人が人生を投げたという罪の意識もある。非常識な真似をしたからだと、誰に話しても厳しく責任を追及されるのは間違いない。

——ギャラ・コンにも参加できるし、特訓も終わったし、ドクターんちで料理も作らせてもらえるし。こんなに幸せでいいのかな、俺。

ドアの向こう側で激しい自責の念に打ちひしがれる友人たちの気も知らず、ルシファード・オスカーシュタインは幸せな気持ちでベッドにもぐり込んだ。

常夏のリゾートにて

Tokonatsu no Resort nite

バーミリオン星は七月から長期休暇のシーズンに入る。

予算と日数に余裕のある者は別の惑星まで足を延ばし、それ以外の者や日頃快適な環境に整備された都市で生活している分、休暇では自然を楽しみたいという者たちが、アイボリー大陸の高級リゾート地に向かう。

それは、銀河連邦宇宙軍カーマイン基地に駐屯(ちゅうとん)する軍人たちのあいだでも同じだった。

五月七日の銀河連邦創立記念日。一日限定で行われた基地の一般開放において、基地の財政事情好転に多大な貢献をした企画の協力者として、ライラ・キム中尉は基地司令官アンリ・ラクロワ大佐からワイロ――もとい、報奨を与えられた。

レグホーン高級リゾートホテルでの十日間の休暇。宿泊費と往復の交通費込み。

十八歳で士官学校を卒業し、士官候補生として戦艦に乗り組んで以来十年。

時折、補給のために寄港した惑星で非番に毛の生えたような短期の休暇を過ごしたことはあっても、本格的なマリン・リゾート・ホテルに十日間滞在など、いまだかつてしたことがない。

「夏服のいいところは、かさばらないことよね！　服のほかに毎日違う水着も入れてトランク一個で済むんだもの～。最低限必要なものは詰めたし、ほかに足りないものがあったら現地調達もできるから安心ね。――ということで！」

独身士官用宿舎の自室でスーツケースの蓋を閉めたライラは立ち上がると、背後のソファでコーヒーを飲んでいる黒髪の男を振り返った。

「十日間、何があっても私に連絡を取ろうなんて思わないでちょうだい。万が一……しかもトラブルがらみで連絡しようものなら、会った時に弾倉が空(から)になるまで撃ってやるから」

「一応、サブ・マシンガンじゃないことを感謝すべき？」

副官に本気混じりの駄目押しをされたルシファードは、純粋な疑問として問い返す。

無邪気というか悪びれないというか、何も考えていないというか——いつものことなので腹は立たないが、つい拳を握ってしまうライラだった。

「そうね。顔を避けて撃つことには感謝して」

「頭部を撃たれたら、いくら俺でも死ぬぞ」と、念動力(サイコキネシス)の一種である治癒能力(ヒーリング)により、自動修復機能がついている超絶美形は単なる事実として指摘する。

「あなたに限らず、普通はみんな死ぬわよ。私の休暇の邪魔をしたら死ぬような目に遭わせるってこと！　判った？」

「アイ・アイ・マム。心配するなって。十日くらい、あっという間だぜ。今さら俺一人で対処できない事態になんぞならねーよ。全部真っ白な光の中で消しちまったしー」

ライラは額に手を当てた。

またとんでもない所業を平気な顔で言ってくれる。

この男の辞書に反省という文字が載っていないのはよく知っている。というか、今まで一緒にいて何度も思い知らされた。

普通人は大変な失敗をした場合、後悔と反省がもれなくワンセットでついてくるものなのだが、この男は〝やっちゃったモンはしょーがねーじゃん＝居直り〟と〝ま、いっかー＝思考放棄〟がワンセットなのだった。

しかし、幾ら正当な理由があるにせよ、非公式に二十万人と言われた住民を巻き添えにして流民街を消滅させた大量虐殺に罪の意識は持ってもらわねば困る。

「ルシファ。そういうことを平然と言っていいと思っているの？　あなたが戻ってきた時、頭を撃ち抜くべきだったと私に本気で後悔させたいわけ？」

「俺はイヴルについて事実を述べただけだぜ。それ以外の意味はねえよ」

「サイキック・コントロール・リングをもう一度はめたほうがいいんじゃない？」

「このクソ暑い中、あんな輪っかを腕にはめるのは勘弁してくれ。そもそも監視者のおまえの見ていないトコで、自分で外せるPCリングになんの存在意義もねえだろ」

「本当は一人で外せるものでもないし、はずしちゃいけないものなんですっ！」

「そんなに心配しないで行って来いって。どうせ何か起こったあとに連絡しても遅いんだ。そうなりゃ、休暇を消化して帰ってきたって同じさ。対処が遅くなって悪いことは、せいぜい事態が悪化して片付けがより面倒になっているコトくらいだから」

だから楽しんでこ〜いと快く送り出そうとする上官に対し、一拍の間を置いて副官は半ば自暴自棄の笑顔を見せた。

「帰ったあとに地獄が待っているかもしれないと思ったら、十日間の休暇を心から楽しめそうだわ。一秒たりともおろそかにせず、高級リゾート地を味わい尽くしてくるわよっ！」

すでに半戦闘態勢に入った彼女は、休暇に臨む人間として大変間違った精神状態にある。

だが、ルシファードは体育会系の副官がトロピカル・ドリンクを飲みながら、日がな一日プールサイドのデッキチェアに寝そべり、だらだら時間を過ごす姿を全然想像できない。

十日間で幾つのマリン・スポーツを制覇してくるだろう。軍の訓練で鍛えた肉体は筋肉痛など無縁なので、インストラクターたちが一人前の習熟度と判定するまで疲れを知らぬ挑戦を続けるに違いない。

そんな彼女につき合わされる日頃運動不足の同行者が気の毒だった。


本日の食後のデザートは自家製アイスクリームとシャーベットの盛り合わせだった。

サラディン・アラムートは平らなデザート用スプーンを手にしたまま、カシスやチョコレート、バニラなどのソースで描いた文様の上に色とりどりの冷菓が盛りつけられた皿をしばしうっとりと眺める。

「色の配置も絶妙で、食べてしまうのが惜しい美しさですね」

「いや、さっさと食べて。溶けるから」

シェフとしてだけでなくパティシエとしての才能にも恵まれた男が素っ気なく言う。

早食いが習い性になっている職業軍人は、趣味で作るおのれの創作物をすでに半分近く口の中に放り込んでいた。

同じく仕事の性質上早食いになってしまったものの、許される限り優雅な生活を保とうと努力している外科医は、渋々赤いシャーベットをスプーンで食べ始める。

「……んー。素材の味を殺さない程度に洋酒が効いていて、抑えた甘さがまさに大人のデザートという感じ。説明もなしで食べ始めてしまいましたが、何と何があるのですか？」

「シャーベットがカシスとレモンとオレンジとメロン。アイスクリームがピスタチオとキャラメルとチョコとバラ」

説明するあいだも無造作に食べ続ける男。

料理は完成するまでが楽しいのか、自分の美味なる創作物への愛はないらしい。

「薔薇？　このピンク色ですか？　……ああ、口に入れると、まさしくかぐわしい薔薇の香りが広がりました。これは香料ですか？」

「大型販売店でバラのエッセンスが入った小瓶が売っていたんだ。色は花屋で買ってきた本物のバラの花びらを使って出した」

「それは素敵ですね」

「洋酒も味に合わせて種類を変えてある。病棟にも持っていくんだろう？　ほとんど香り付け程度の量だが、アレルギーがあったり極端に弱い人間には注意してくれ」

「了解しました。お気遣いありがとうございます」

蓬莱人の琥珀色の双眸が、ワイン・ボトルの花瓶に生けられた残りの紅薔薇に向けられる。

つややかな長い黒髪を後ろでゆるくひとつに束ねた美貌の男が、フラワーショップで真紅の薔薇を買い求めるさまは、映画の一シーンのように印象的な美しい光景だったことだろう。

多くの人間がその姿に見惚れたに違いない。

想像して笑いが浮かびかける口元に急いでシャーベットを運ぶ。

非番の日ということもあり、ルシファードは自分に似合わないと自覚している白い夏用制服の半袖シャツではなく、青いピンストライプのカッターシャツを着ている。

ネクタイをせずに第二ボタンまで外したシャツの狭間で、時折のぞく認識票の鎖が銀色の光を弾く。

一時期短くしていた黒髪も出会った当時の膝裏まで戻り、芸術品レベルの整った顔と相まって、私服のこの男はまったく軍人に見えない。

目と舌で幸せを味わっている外科医もまた向かい側に座る軍人と甲乙つけがたい美貌だが、優雅で上品な色気を漂わせる彼は、無粋な黒髪の軍人が無意識にイメージした通り、薔薇の花がよく似合う。

ルシファードは非番の日に気が向くと、大量に買い込んだ食材と共にサラディンの部屋にやってきて、借りたキッチンで趣味の料理を作る。

そんな日は彼の求めに応じ、サラディンも決められた夕食の時間に間に合うように病院を出る。容態が急変した患者が心停止しようが、急患が搬入されてこようが一切顧みることなく、主任権限でほかの医師に押しつけて断固帰宅した。

そんな彼の勤務態度に誰も異を唱えない。

今まで一日のほとんどを仕事に当てていた彼も、少しは人間らしい生活を送るべきだというのが外科で働くものたちの総意だった。——というのは対外的な正論で、ナースたちの狙いは翌日出勤したサラディンが病棟に持ってくる美味な〈おすそわけ〉にある。

現在、外科病棟を中心として、軍病院に勤務する女性達の結婚したい基地内独身男性ナンバー・ワンは二位以下を大きく引き離し、ルシファード・オスカーシュタイン大尉だった。

好みの問題で驚異の美貌を逆に忌避していた女性も、趣味の料理がかなりの腕前で、準備から片づけまですべて自分で行い、かつ子供好きの家庭的な男という話を伝え聞くと、俄然彼に興味を持つ。

加えて階級が大尉なら、収入にも不満はない。

ルシファードが病院に遊びに行っても、殺到する女性からの交際や結婚の申し込みに悩まされずに済んでいるのは、ひとえにドクター・サイコの強力な抑止力のお陰だった。

最初のおすそわけの時、外科主任はにっこり笑ってナースたちに言った。

「私の専任シェフに手を出さないように。そんな人は力一杯呪いますから」

ドクター・サイコの呪い――しかも力一杯。

物凄く強力そうな呪いをあえて体験したいものなど軍病院にはいない。

「アイスクリームは沢山作った。軍病院には適当に選んで、冷凍庫から保冷剤と一緒に持っていってくれ。シャーベットは分けているうちに溶けそうだから、あまり作っていない。持って行くにしても、外科病棟の夜勤のナースの分くらいかな」

「カジャの味覚は結構お子さまなので、内科に分けるなら、やはりチョコレートとキャラメルでしょうかねぇ。いや、その組み合わせはちょっとくどい。チョコレートとピスタチオ、もしくはシャーベットを――」

「あれ？　ドクター・ニザリはしばらくいないじゃん」

「しばらくいない？　なんのことですか？」

ルシファードはいぶかしげに問い返すサラディンの表情から、とぼけているわけではないと知って驚く。

「聞いてないのか？　今日、ライラが例の長期休暇に出かけただろう？」

「ええ、それは以前からうかがっていましたが」

「だから、ベンも休暇を取ってライラと一緒に行ったんだって」

「えええぇぇ――……っっっ！」

あまりに驚いて、手にしていたスプーンを取り落としてしまう。

皿とぶつかる派手な音とともに、デザートのソースが飛び散った。カシスがテーブル・クロスに点々と赤いシミを作る。

自室に戻ったサラディンが着ている光沢の強い濃紺の長衣は、シミが出来てもあまり目立たない色と素材だが、そちらに注意を向ける余裕もなく、愕然としたままつぶやく。

「そんなことは……一言も」

「えー？　俺もベンが一緒に行くって聞いたのは昨日だったんだけどさ。ギリギリまで仕事の調整をしていたから確定するのが遅くなったって話は、チケットの手配やその他諸々を考えるとウソ臭ぇ～と思ったけど。結局、あんたには伝えずじまいだったのか。長時間の手術かなんかで、あんたに言いそびれたにせよ、せめて伝言くらい残せばいいのになぁ」

「休暇を取るつもりだったのなら、是非私も誘って欲しかったですね。外宇宙探査基地との併合によって軍病院が民間に払い下げられるまで一年を切っています。私が副主任に仕事を丸投げして、たまりにたまった休暇の消化に走ったところで、当然の権利というもの。どうせ失職するのですから、責任を問われても痛くもかゆくもありません」

外科主任は実に優雅な口調で不敵な言葉を吐くと、口角をわずかに曲げて薄く微笑む。

蓬莱人の老いを知らぬ生命力と強靱な意志は、一種凄みのある精気となって短命種の地球人たちを圧倒する。小動物が大型の肉食獣を前にしてすくみ上がるように、地球人は蓬莱人に本能的な恐怖を覚えるらしい。

しかし、謎に満ちた絶滅種の凄艶な微笑が生む見えざる力も、同じく絶滅した先ラフェール人の先祖返りである男にはまったく通用しなかった。

サラディンの大変身勝手で男らしい発言をカッコいいなーと心中賞賛しつつ、余計なことを言ってしまう。

「なぁ、ドクター。想像してみなよ。真っ青な空から降りそそぐ強烈な日差し、ハレーションを起こしそうな白い砂浜、白い波の立つコバルト・ブルーの海ではサーフィンに興じる男女の群れ、からみつく熱気と海風が――」

「もう結構です、大尉。我ながらめまいがするほど、自分の居場所に不似合いな光景だと思います。そんな場所に行ったら溶けてしまうかもしれません」

片手で顔を覆ったサラディンはうめくように言った。

瞳孔(どうこう)が縦に長い琥珀色の双眸は、地球人より遙かに夜目が利く代わりに強い紫外線を浴びると痛みを覚える。室内でも日の差し込む日中は、紫外線防止コーティングが施された度の入ってない眼鏡を掛けていた。

そんな彼が、ハレーションを起こしそうなほど強烈な日差しの降りそそぐ場所に行きたいと思うわけがない。

「俺も基本的にインドア派だし、仕事以外でジャングルだの雪山だの行きたくねえよ」

「あなたがインドア派？　そういうイメージはありませんけれど」

「任務の派遣先を選べない軍人として、どこでも必要なだけ戦えるように鍛えてあるが、コンピュータやメカをいじったり、料理しているほうが面白いから好きだな。そもそもアウトドア派が個人用小型宇宙船で十年近く暮らせねぇだろう」

「なるほど。そういう言い方をなさるからには、ライラはアウトドア派なワケですか？」

「うん。バリバリの体育会系だよ。負けず嫌いだから、あえて困難に挑戦する高揚感と克服する達成感を一度味わうと、もう病みつきになんだと」

「ああ、それであなたの副官を十年もやっていられるのですね」

「は？」

「しかし、南国リゾートが似合わないのはカジャとて同じこと。嫌がらせとして一緒に行くかどうか私に聞くのも、長年惰性でつき合ってきた相手に対する礼儀というものでしょう」

ルシファードは本気で憤慨しているサラディンのようすに苦笑した。

サイコ・ドクターズは互いを気が合わなくて不愉快な相手だと思っている。

ほかにつき合う人間もいないので、やむなく一緒に食事をしたりお茶を飲んでいるだけのことであり、自分たちの関係は単なる腐れ縁だという認識で一致していた。

双方がそれで満足している以上、その感情には別の名前があると教えてやるほどルシファードもお節介ではない。

「誘って本当に同行されたら困るからだろ」

「は？」

「野暮なコトは言うなって」

「えええぇぇぇ――……っっっ！」

この基地に着任して以来、これほど驚いた記憶はないというほど外科医は驚いた。

「俺に言われたくないと思うケド……ドクター、ニブイんじゃねーの？」

「まったくです。あなたに他人を鈍感呼ばわりする資格は絶対にありません。それより、カジャとミズ・キムのあいだに特別な感情があるというのは確かなことなのですか？　悪質な冗談なら寿命を削って差し上げますよ」

「そんなことを冗談のネタにしたら、ライラの蹴りが後頭部に炸裂するよ。結婚したいほどどうこうってワケじゃねーけど、邪魔者抜きで旅行したいほどには仲良しってことだな」

「私たちは邪魔者なのですか……！」

「それ以外のなんだっつーの。俺たち二人がいて、普通に休暇を楽しめるはずねーだろ？」

大切な親友の私生活に不干渉を貫く男は淡々と言って、後片づけのために席を立つ。

サラディンは皿が運び去られたあとも残る赤いシミを見つめながら、自分と同じく黒髪の大尉に片思いしていた白氏(はくし)の心境の変化についてあれこれ考えた。

ルシファードは無自覚なタラシで、脈がないことは明々白々。

サラディンの知らないところで、カジャがライラに心惹かれる何かがあったのだろう。

強くて優しい彼女なら、傲慢な衣の下に隠れた傷つきやすく繊細なカジャの心を、騎士のように守ってくれる。

――見た目的にも姫を守る騎士ですね。性別が逆転していますが……。

しかし、いきなり黙って置き去りはいかがなものか。

災厄の王(ルシファー)と一緒にされるのは極めて心外だが、サラディンとルシファードが同行すると、彼女との穏やかな時間を奪われると考えたことは責められない。

ルシファードがトレイに二人分のティーカップを載せて戻ってきた。

「ノーマルなハーブ・ティーだ。紅茶とペパーミントをブレンドしてある」

「ちなみにアブ・ノーマルなハーブ・ティーというのは、私が外科主任室のテラスで栽培しているハーブを使用したものを指すのですか？」

「それ以外の何を指せと？」

「名誉な称号を得て満足です。――しかし、考えてみると不公平ですね。あなたと私の二人では、休暇を取ったところで無人島にでも行かない限り、くつろげないとは」

「くつろげないのは俺たちの周囲であって、俺たちじゃねえと思うけど？」

いくらルシファードでも、そのあたりの自覚はある。

「……確かに。ほかの客の迷惑になるからと入店を断られたり、個室に直行というケースばかりだと、旅行先のホテルでどう扱われるか、大体想像が付きますね」

「俺は無人島でもサバイバル訓練のノリで過ごせるが、さすがにそれはドクター向きの休暇じゃねーな。別にわざわざ旅行で遠出しなくとも、こうして自分が作った料理をあんたと二人で食べるだけで、俺は充分に楽しいし」

考えているそばから、いきなり無自覚にタラシなセリフが炸裂(さくれつ)する。

なんとも言い難い複雑な心境で見返すサラディンのまなざしを、爽(さわ)やかな好青年然とした笑顔が受け止めた。

言葉通り本当に楽しんでいる彼の笑顔に、サラディンの機嫌は上向く。

今夜はカジャが遅れて食事にやってくることはない。

急患の呼び出しもないとなれば、気合いを入れて誘惑し、こちらの告白後も相変わらずのらくら逃げるお子さまな大尉を籠絡(ろうらく)する絶好のチャンスではないか。

清涼感のある紅茶を味わいながら、逃げる隙(すき)を与えずに言い寄る状況を外科医がシミュレーションしていると、携帯端末の呼び出し音が食後の満ち足りた雰囲気を乱した。

「空港で何かあったのか?」

ルシファードは独りごちて、私服の胸ポケットから携帯端末を取り出す。

今月、彼の所属する第六連隊は宇宙港と隣接する空港の警備担当だった。

バーミリオン星が外宇宙探査の基地になると発表されてから七ヵ月あまり。飛躍的に宇宙船の定期航行は増え、それに伴い空港利用者も増大した。

パープル・タウンとイエロー・タウンからほぼ等距離の荒れ地に、巨大な宇宙港を擁する宇宙軍基地が建設されている。

ほかの惑星から貨物宇宙船で運ばれてきた建設資材は、基地建設用として新しく造られた第二宇宙ステーションで貨物用シャトルに積み替えられ、建設途中の基地に急造された専用発着場へ直接持ち込まれていた。

カーマイン基地が警備を担当する従来の宇宙港は、人間の移動のみを受け持つ。

それでも、閑散としていたかつての光景が幻かと思えるほど、ほとんど一日中、多くの乗降客と送迎の人々で溢れかえっている。

銀河連邦を挙げての新規一大事業に商機を見出し、バーミリオン星へ新たに進出し支店を構える大手企業も目立つ。

パープル・タウンでは土地が不足し、手つかずだった荒野に開発が拡大していく。

宇宙港では利用客の激増に伴って、迷子や行き違い、忘れ物にスリや置き引きといった人が多く集まる場所で起きる問題も多発し、軍の側も警備するだけでなく専門の部署を置いて対処せざるを得なくなった。

日頃三十キロの装備を背負って行軍したり、サブ・マシンガンを手にして建造物への突入訓練などをしている強面（こわもて）の無骨な連中が、宇宙港では一般人と応対する状況も多々生じる。

必要に迫られ、民間会社と契約してマナーの講習会を開くに至った。

当然、軍に入隊する時に想定していた以外の任務に当惑する連中も多い。

講師の厳しい指導に音を上げ『えれがんとってどんな味のする肉だよ、オラ！』だの『ふれんどりーって洗濯物の一種じゃねえのか？』だのと、わめき散らす迷彩羊どもを愛の蹴りで沈黙させるのも上官の務めだった。

やがて軍隊牧場から解き放たれて人間さまの世界に戻った時、宇宙軍の焼き印が押された筋肉豚たちは荒くれで社会に適応できず、発見次第撃ち殺すしかないなどと言われないよう、最低限人間のふりが出来る程度には擬態能力を身につけろ――と、羊飼いの中隊長は部下たちの筋肉頭でも理解できる下等言語に翻訳して訓示した。

それでだいぶ従順になったものの、一般人との応対は常に温かみのある微笑みでという指導のはずが、どう見ても歯を剝いて威嚇しているとしか思えない凶悪な顔面の群れを目にした時は、さすがのルシファードも視線を遠くに向けるしかなかった。

今までと一変して多忙な上に別の問題も抱えるようになった宇宙港警備のために、現場の指揮官たちも書類仕事に没頭してばかりもいられない。

本日非番のルシファードの中隊は、副官のライラもいないために指揮を小隊長のボナム少尉に委ねてある。

少尉が判断に迷う重大事が生じた場合、意見を求められることも皆無とは言えない。カリスマ中隊長はどうしても頼られがちだった。

彼を呼び出した相手は、現在副司令官も兼任しているアレックス・マオ連隊長だった。

短いやり取りの末、通信を切って振り返った黒髪の大尉は、自分を見つめる異種族の麗人に軽く肩をすくめて言った。

「俺たちが邪魔されずに飯を喰うためには、それこそ休暇を取る必要があるようだな」

「二人で家にこもって美食にふけるというのは、究極のエロティシズムですよ」

「そうか？　単に太るだけじゃねえ？」

顔は超一級の芸術品で、料理の腕も食の芸術家と言ってもいいほどだが、形のいい頭の中身は倒錯の美学などカケラも理解しない無粋なパソコン・オタクだった。


非番にも関わらず基地司令官名で呼び出されたルシファードは、機動歩兵科の宿舎に戻って軍服に着替えると、本部ビルの司令官室に向かった。

夏は暑苦しい長い髪を三つ編みにしてくれる副官が不在なので、両サイドを残して首の後ろでゆるく束ねる。

夜の九時だというのに呼び出したマオ中佐だけでなく、司令官アンリ・ラクロワ大佐も白い夏用の軍服を着て彼を待っていた。

両名とも妻帯者なのに昼夜を問わず働いている。夏期休暇が必要なのは責任感が強く、真面目で有能な彼らのような指揮官かもしれない。

最近は司令官から叱責を受けたり、上官に弁明する必要があるような悪事はしていないのだが、常に後ろ暗いことを多少抱えている大尉は、ライラが休暇中でよかったと思う。

「ルシファード・オスカーシュタイン大尉、出頭いたしました」

「うむ。非番のところをすまなかったが、是非君と直接話がしたいと言われてね」

ラクロワ大佐は執務机のパネルを操作して、今まで通信で話をしていた相手の映像を、正面の壁に埋め込まれた大型スクリーンへと切り替える。

小麦色の肌をした黒髪の女性の顔が大きく映し出される。

大きな黒い目に弧を描く細い眉、理知的な広い額。あまりバランスがいいとは言い難い顔立ちの中で、特に目立つ少し受け口気味の肉感的な厚い唇が、大変セクシーな印象を与える壮年の女性だった。

子供のように大きな目を輝かせ、低めの声で快活に呼びかける。

『お久しぶりね、オスカーシュタイン大尉』

「ご機嫌よう、惑星大統領閣下」

司令官と副官は思わず顔を見合わせた。

二人とも、これほど上品かつ冷ややかなルシファードの口調を聞いたことがない。

女性に対して常にフェミニストな態度を崩さない男が、第一声から強烈に拒絶している。別人のようなこの冷淡さはどうしたことか。

『あなたはあまりご機嫌がよろしくないようね、坊や。せっかくお父さま似のハンサムさんが台無しよ。O2もあまり笑わない人だったけれど』

「ご用件をどうぞ、閣下」

相手のとりつく島もない態度にも平然と微笑む彼女の名はパオラ・ロドリゲス。惑星バーミリオンで現在もっとも政治的権力を持つ女性だった。

バーミリオン惑星大統領。ルシファードとは因縁浅からぬ仲でもある。

『今もラクロワ司令官と話していたのだけれど、とても困っている問題があって、あなたに私のお願いを聞いて頂きたいの』

「誠に心苦しく思いますが、お断りいたします」

即座にルシファードは、大変慇懃かつきっぱりと惑星大統領の依頼をはねつける。

部下の大胆不敵な性格は承知していたが、いつもと違う雰囲気に上官二人は内心ワクワクしながら、通信回線がつなぐ男女のやり取りを見守った。

『あら。断るにしても、せめて内容を聞いてからにしてくれないかしら』

「父親の元愛人のお願いなんぞ、まったく全然これっぽっちも聞くいわれはありませんね」

急にくだけた口調になった男は、冷たく言い捨ててぷいとそっぽを向く。

O2の部下でもあるアレックス・マオ中佐は、残業してこの場に居合わせたおのれの幸運を天に感謝する。

外見は０２によく似た愉快な息子が部下にいるお陰で、同じ０２ファンの友人に誇れるネタが着々とたまっていく。

『当時も今も彼は公式には独身なのだし、銀河連邦議員だった私もあの時は独身だったのだから、恋愛するのは自由でしょう？　愛人呼ばわりされる覚えはなくてよ』

「当時五歳の息子の目から見て、隣の部屋で父と抱き合ってキスをしていた女性は、愛人以外の何者でもありません」

あー、それは当然だなーと妻子持ちの上官たちは、声を出さずにうんうんと同意した。

五歳の子供がいる家で妻以外の女性と逢い引きをするなど、父親としてやってはいけないことのトップ項目に位置する。そんな光景を目にした息子の心の傷はいかばかりか。

特に五歳の息子を持つマオ中佐は、すでに立派な大人になっているルシファードが、いまだに当時のことを憤っている気持ちがよくわかる。

超人的な能力を発揮する情報部部長への尊敬が若干損なわれた。

つまり尊敬するからこそ〝親父、フケッ！〟と息子が怒れば、部下も〝部長、フケッ！〟と怒るのだ。

——あの冷血上司のことだ。息子に何を言われたところで、全然気にしないだろうが。

諦観（ていかん）の漂うマオ中佐の予想は上官の人柄を知る人間として当然のものだった。

だが、現実は言われた本人すら意外に思う結果になった。

〝親父、フケツ！〟と、言われた時にはまだ余裕があり、０２は冷笑して切り返した。

〝君は今年幾つになったのだったかな、オスカーシュタイン大尉〟

〝二十七歳です、サー。ですが、九十一歳で私と同じ外見の父がいますから、現在反抗期でもおかしくはないと思います。なので――親父、キライ！〟

息子に本気で言われ、なんとなく少しショックを受けているらしい自分が変だと他人事のように思っているところへ追い討ちがかかる。

〝しばらく口をききたくねえ！　顔も見たくねえ！〟

後日、珍しく沈んだようすの０２を不審に思ったマリリアードがわけを尋ねた。

暗い声音でなんとなくわだかまっていたことを打ち明けると、親友は手の甲を口元に当て、いとも優雅に嘲笑する。

〝息子の愛にいつまでも胡座をかいているから、そういうことになるのです。あなたの身持ちの良し悪しなどどうでもいいことですが、結果は同情するに値しませんわね〟

〝そもそもお前が悪い。即座にルーシーの記憶は封じておいたのに、どうして封印を解くなど余計なことをした〟

〝あとであなたとルーシーが、もめるからに決まっているでしょう〟

何を当然のことを今さら聞くのだという顔で言われた０２は押し黙る。

そう、基本的にこういう性格なのだ、彼以外のすべての人間に心優しいこの友は。

息子とのことも含めて意趣返しにぼそりと言ってやる。

〝……いいんだ。私にはお前の愛さえあれば〟

〝……オ……オリビエ……。自分で言っていて、鳥肌が立ちませんでしたか？〟

〝心にもないことを言った覚えはないが？〟

ささやかな勝利を噛みしめながら仕事に戻ろうとするＯ２の背後で、このまま負けるつもりのない親友はわざとらしくため息をつくと、独りごちた。

〝この程度は我慢しないと。息子の愛を失った哀れな父親の八つ当たりですもの〟

〝……今すごく、逃げた愛犬の首輪を見つめている飼い主の気分だ〟

〝息子を犬扱いするとは何事ですか。……しようのない人ですね。今度会った時、パパが悪かったと一言謝りなさい。出来の悪い父親を持ってルーシーも可哀想に〟

〝私のどこが出来が悪い〟

おのれの能力に自信もあれば実績もある男はむっとする。

〝父親として出来が悪いと言っているのです。違うと主張する気があるのですか？　息子の寝ている隣の部屋に女性を連れ込んで〟

〝惑星の犯罪組織から脅迫されているので、連邦会議が終わるまで身柄を保護してくれと言ってきた女性議員をゲストルームに泊まらせていただけだ。あちらが言い寄ってきたのを適当にあしらっていたところを見られたからといって、子供に言い訳などできるか。みっともない〟

誇り高い情報部のカリスマは、格好悪いことが大嫌いな美学持ちだった。

〝幼い子供に見栄を張ってどうするのです。……今度ルーシーに会ったら説明しておきましょう。あなたのためではありませんよ。父親に裏切られたと思っている息子のためです〟

〝結局お前は私に甘いわけだ。大きな愛に包まれているのを感じるな……〟

〝その気色の悪い技こそ永久に封印しなさいっっっ！　どこでそんな技を身につけたのです〟

〝『パープル・ヘヴン』〟

などという会話が両親の間であったことも知らず、ルシファードは要人に対する侮辱罪に問われても、絶対に相手のお願いなどきくものかと固く決心していた。

パオラ・ロドリゲスは父親と中身が全然違う息子の子供っぽい反応を楽しんだのち、政治家の顔になって表情を引き締める。口調にも自然と厳しさが加わった。

『今回の件は、すでに惑星大統領としてカーマイン基地司令官に正式に依頼し、承諾を得ています。銀河連邦宇宙軍士官であるあなたは、私からの依頼は断れても司令官からの命令ならば従う義務があるはず。そうですね？』

「もちろんです、閣下」

わずかなためらいもなく、ルシファードは職業軍人の誇りをもって答える。

大統領と部下のあいだにある個人的な問題を知らなかったアンリ・ラクロワは、おのれが彼女の策にはまったことを悟り、自分を信頼する部下のために失点を取り戻すべく口を開く。

「その命令の結果、彼の身に起こったことの責任はすべて私に帰属するものであり、依頼者である惑星大統領閣下はなんら責任を負うものではありません」

大統領に対し、あなたは責任のない気楽な立場ですと確認しているように聞こえるが、いかに社会的地位が高くても責任を取らない民間人の命令になど従う兵士はいない。

つまりオスカーシュタイン大尉はカーマイン基地司令官の命令にのみ従うのだから、自分の依頼という名の命令が通ったと誤解するなと暗に言っていた。

ロドリゲス大統領はそれに気づかないほど鈍感ではなく、動揺するほど繊細でもない。名目はどうであれ、結果が同じなら彼女の側には利益のみがもたらされる。

スクリーンの中の彼女は満足した笑顔でうなずいた。

『結構です。大尉、私の依頼については司令官から詳細を聞いて下さい。この通話終了後、すみやかに手続きを済ませておきますので、本日中に出発して下さっても大丈夫です。——ラクロワ司令官。カーマイン基地のご協力に感謝します。また何かありましたら、よろしくお願いしますね。それではまた』

「失礼いたします、惑星大統領閣下」

女性大統領と如才なく挨拶をかわし通信を切ったラクロワ大佐は、苦々しい表情で部下に向き直り短く一言。

「すまない、大尉」

しました」

「どういたしまして。プライベートと任務は別です。私のほうこそお見苦しいところをお見せ

「なかなか面白かっ……いやいやいや。幼かった君の心中を思うと、私も子を持つ父親として誠に遺憾に思う」

司令官の脇に立っていたマオ中佐が笑いを噛み殺す。幼い子供にとっては悲劇だが、長じた今となっては喜劇だった。

それを判っていてもなお、許せないのは尊敬する父親の瑕疵になったと思うからだろう。

その点について、自分も父親である二人は理解を示す。

「ところで、大佐殿。残りあと三時間を切っている本日中に出発しても大丈夫などと、恐ろしいことを大統領は言っていましたが？」

「ああ。彼女の依頼の内容だが、実は惑星政府が――」

ラクロワ大佐は半分あきれ顔で、惑星大統領からの依頼を説明し始めた。

真っ青な空から降りそそぐ強烈な日差し、ハレーションを起こしそうな白い砂浜、白い波の立つコバルトブルーの海、からみつく熱気と海風――。

「ここはドコ……？　私はダレ……？」

不愉快な会見から八時間後、ルシファードは水平線を眺めて力なくつぶやいた。

バーミリオン惑星軍所属空母ハックルベリーの甲板は、太陽の照り返しによる熱気で意識が朦朧（もうろう）としてくるほど暑い。

現場見学を希望したおのれの見込みの甘さを少し呪う。

思考力を低下させる暑さが事故を誘発するため、さすがに真昼前後は飛行訓練を行なわず、艦内での講習や作業の時間にあてていると、案内役の兵士が説明する。

エボニー大陸のカーマイン基地から垂直離着陸機（ヴィトール）を飛ばして四時間後。

今まで生活していた彼の時間では夜中の三時だが、時差の関係で翡翠海（ひすいかい）に停泊演習中の空母ハックルベリーに到着したのは昼の十二時。

気持ちがいいほど晴れ渡り、まさに抜けるような青空だった。

「暑い……。ドクターじゃねえけど本当に溶けそうだ」

艦長直々の出迎えを受けて、昼食を共にしながら状況の説明を受けたあと、仮想現実訓練室に案内されてハックルベリーの各施設に関する知識を与えられた。

空母は巨大な動く飛行場ではあるが、大半がコンピュータ制御され、定員は同規模の宇宙戦艦と比較しても半分以下。

理由は色々あるが、短時間で補給可能な点が要因として大きい。

さらに艦内で異常が発生しても救助はすぐ到着するし、窒息死の心配がない分、宇宙空間で発生する事故より乗組員たちが感じるストレスは格段に違う。

だが、今はその定員よりさらに少ない人数で訓練が行われていた。

もともと少なかった予算が、惑星軍上層部が関与したクーデター未遂事件のせいで大幅に削減されたことに加え、昨年十二月の流民街消滅に激しい精神的衝撃を受けた流民街出身の兵士たち多数が、同時期に除隊していったことが原因だった。

除隊した兵士たちは、流民街に住んでいたものを中心に構成される第二都市に向かった。

カーマイン基地の報復爆撃に端を発した不法移民の第二都市への移住は、一時期までは順調に進んでいた。

だが、これ以上爆撃されないと確信した途端、流民街に戻る人々が雪崩を打った。

まだ大半が建設途中の新たな環境に苦労して馴染むより、問題はあっても住み慣れた土地のほうがいい。

正式な惑星市民になることにさほど魅力を感じない彼らは、口々にそう言った。

流民街マフィアに抑圧されて堪え忍ぶ日々が、頑ななまでの保守性を育んだのか、不法占拠した土地だけでろくに財産を持たないものたちまで、流民街に戻ってしまう。

その結果、彼らは白い闇に呑まれて消失した。

今のところ原因は、対立する流民街マフィアたちのいずれかが、多数の特殊爆弾を爆発させたせいだろうと言われている。

勿論、そんな与太話は誰も信じていないが、ほかに原因らしいものは見当らない。

外宇宙探査基地が完成して政情が落ち着いた頃を見計らい、地下に埋没していた外宇宙からの宇宙船を不法占拠していた流民マフィアが誤った操作で自爆させてしまったのが原因だと、発表されるだろう。

宇宙船に関係する証拠はルシファードたちが集めている。

外宇宙のテクノロジーなら、すべてを跡形もなく消滅させられるだろうと納得して、すでに過去の事件としていた人々は先に進むはずだ。

身内を失った流民街出身の元惑星軍兵士たちは、第二都市で新たな生活を始めていた。バーミリオン星の惑星市民として、いずれ家庭を持って代を重ねていく。

為政者たちの思惑もあり、大枠はうまくまとめて流れに乗せた。

予算を削減された惑星軍も、兵士の大量除隊により労せずして人員削減を果たし、それは良い方向に転んだと言えなくもない。

ただし、急激な変化は新たな問題を生む。

現在、惑星軍では技術や理論を現場で兵士に教育する指導教官が圧倒的に不足していた。

それは流民街消滅に衝撃を受けた兵士の大量除隊ではなく、昨年のクーデター未遂事件に伴う惑星軍上層部の大量処分に起因している。

クーデターを目論(もくろ)むなら、一般兵士でなく命令を下す指揮官を味方にするのが常道だった。

流民街消滅にもクーデター未遂事件にもルシファードは関わっている。

従って指導教官不足の穴埋めに派遣され、特別手当なしの労働奉仕をした程度のことで借りを返したことには全然ならない。――毎度やっちまったモンはしようがねえ主義のルシファードの側に、償おうという意識もないが。

ルシファードの軍服の左胸にあるパイロット章は、教官資格を有するしるしの金色だった。それを記憶していた惑星大統領が、名指しでラクロワ司令官に惑星軍への教官派遣を依頼してきた。

惑星大統領にも通告せずに惑星軍基地を強襲し、武力で無力化してクーデター計画を暴いたのはカーマイン基地だった。

首都防衛を任務として駐屯するカーマイン基地が、クーデターを未然に防ぐのはいい。だが、別大陸の惑星軍基地を制圧するのは越権行為、せめて許可を得てからが望ましい。

惑星大統領は、議会対策に苦労したその時の借りを返してもらいたいとまで言った。

外宇宙探査基地建設という今後の計画をスムーズに運ぶため、惑星大統領と良好な関係を保つ義務のある銀河連邦宇宙軍の基地司令官は、彼女の正当な依頼を断れない。

とはいえラクロワ大佐としても、緊急時に最も信頼できる部下の一人を二つ返事では手放せないので、ほかに戦闘機の教官資格を有するものはいないか調べてみた。

そこまで実戦の経験を積んだものは、ルシファードのほかに彼と常に行動を共にしてきた副官のライラ・キムのみ。

しかし、ライラ・キム中尉は特別休暇中でいない。

かくしてコバルト・ブルーの海を眺めているルシファードがいる。

——決して希望したワケじゃねえのに何故か、自分が休暇を楽しんでいる場所と近い洋上に俺がいると知ったら、ライラはスゲーやな顔するだろーなぁ。

彼女がトラブルを呼ぶ上官の巻き添えで、休暇を台無しにされるかもしれないと危惧したとしても、災厄の王を証明する実績豊富なルシファードはそれを否定できない。

——おまけにまぁ、惑星軍のカーマイン基地を上回る貧乏っぷりに開いた口がふさがらねぇや。カーマイン基地勤務は左遷(させん)処分のひとつだから不自由なのは当然として、惑星軍のコレはひでえよなぁ……。

ルシファードは案内役を務める兵士の苦しい言いわけを聞き流しつつ、老朽化の激しい空母の甲板や管制塔を見て回ったあと、ハックルベリーの艦載機と甲板下の格納庫で対面した。

以前カーマイン基地では、三十五年操縦していないドクター・アラムートが病院の屋上からVTOL(ヴィトール)を操縦してくるという無謀な事件があった。

彼が三十五年前に乗っていた機種がサイクロン。

現在、宇宙軍での主力戦闘機はV5ボレアスだが、ルシファードが教官資格を得るほど乗った機種はV4シルフィードで、カーマイン基地に配備されているのはV3エリアル。

エリアルの前がサイクロンだった。

サラディンが三十五年前に操縦していたものと同じ機種の戦闘機を見上げ、しばし立ち尽くしていた宇宙軍士官は、案内役の士官に向き直ると言った。

「悪いが、俺はサイクロンを操縦したことがないので、あまり君たちの役に立てそうにない。仮想現実訓練装置で操縦の基本から覚える必要がある」

「ですが、当空母艦載機サイクロン五十機のうち半数は、カーマイン基地から十年前に無償で譲られた機体です」

おそらくどこか近くの惑星で、メーカーの不良在庫になっていたV3エリアルを処分するため、エリアルがカーマイン基地に一斉配備されたのだろう。

廃棄するのも費用がかかるから、バーミリオン星までの運送費を出してくれたらタダでやると言われたのかもしれない。

――貧乏基地のお下がりかよ～っ！　物持ちがいいっつーか、今でも現役で使えるっつーのがすげえ。

「俺はカーマイン基地に着任して十ヵ月目になる。サイクロンをこの目で見るのは初めてだ。三十年以上前の主力機だぞ。惑星軍の整備兵たちは抜群に優秀だな。皮肉でも嫌味でもなく本当に賞賛に値する。だが、よく部品の在庫がメーカーにあるな」

「十年前、メーカーにあるだけの在庫を無償でもらい受けました。それも残り少なくなりましたが……」

左胸に数多くの略綬をつけた宇宙軍士官に仲間を誉められ、案内役の軍曹は嬉しさに顔を紅潮させたものの、後半は自嘲気味の笑顔に変わった。

惑星軍を愛し誇りにも思っているが、予算が乏しいが故の窮状を恥じているようすの彼に対し、ルシファードは昼食の時に感じたことを思い切って尋ねてみる。

「これは他意のない純粋な質問として聞いて欲しいんだが、ハックルベリーの乗組員たちに充分食料は行き渡っているのか？」

「それは……っ！　なんのことをおっしゃっているのか、私には判りかねます。いくら宇宙軍の方とは言え、惑星軍を侮辱するようなことを──」

「待て、感情的になるな。純粋な質問だと言っただろう。頼むから俺の言うことを最後まで聞いてくれ。──俺は戻ってからカーマイン基地司令官殿に報告書を提出する義務がある。いかに仮想敵がいない現状だとしても、この状況は事故のもとだ。金を惜しんで兵士の命を失うようなことになっては本末転倒だ。宇宙軍基地司令官からの勧告書なら、惑星議会に影響力がある。その上、この常夏の過酷な環境で十二時間交代勤務をこなしている兵士に対し、必要量の食料を供給できないとしたら重大な人権侵害だし、劣悪な労働環境も問題視すべきだ。同じ兵士として見過ごすわけにはいかない。この状態を放置してきた関係部署を糾弾（きゅうだん）し、状況を改善させるには、宇宙軍士官の俺の証言は大きい」

「オスカーシュタイン大尉殿……」

「それで動かないなら、個人的にツテのある惑星大統領閣下に直接抗議してやる。……有事の際に命がけで自分たちを守る兵士をなんだと思ってやがるんだ、あの×××アマが。収賄だの恐喝だのの犯罪検挙率が信じられねえくらい高い××な議員どもの首を半分飛ばして、そいつらの給料をこっちに回しやがれ。×××」

ルシファードは虚空に向かって吐き捨てる。

パオラは、よくもこんな状況の惑星軍にルシファードを派遣しようと思ったものだ。

『こんなことを言ってもムダだと思うが、一応言っておく。栄光ある銀河連邦宇宙軍士官として、望ましい品位を保つことを君に期待する。——せめて三日くらいは猫をかぶるよう努力してくれたまえ』

あらかじめマオ副司令官にクギを刺されたというのに、十時間ももたなかった。副官に恥ばかりかかせると嘆かれている男は、上官たちにも恥をかかせるのである。

いくら辺境惑星に左遷されてきたとはいえ、白い夏用軍服の胸に並ぶ略綬を見ればルシファードが超エリート士官だったのは一目瞭然だった。

それが、惑星大統領を×××アマと呼んだだけでなく、××な議員だのとどめの×××だのと一般の兵士たちが日常的に使っている罵倒語を当然のように口にするのは、案内役の軍曹にとって信じられない出来事だった。

それだけ惑星軍の現状に憤るルシファードの本気も伝わる。

驚きに丸く見開かれていた目が涙に潤んだかと思うと、うつむいた軍曹は拳を顔に当てて男泣きに泣き出した。

案内役の軍曹だけでなく、宇宙軍から派遣されてきた士官に艦載機の整備をしながら反感のまなざしを向けていた整備兵たちまで一斉に泣き出す。

「大尉殿……ぉっ！」

「わかった。もう何も言うな。悪いようにしない」

ライラがこの場にいたら、惑星大統領って救い難いおバカさんよねと皮肉に笑ってつぶやいただろう。

何も自分の惑星の軍を侵略する驚異の生体兵器〈男たらし〉をわざわざ指名して、宇宙軍から借り出さなくてもよかろうに。

しかもその生体兵器は今回本気になったのだ。


太陽が水平線側に大きく傾き、強烈な日差しもかなり和らいで感じられる頃、演習のために集合したパイロットたちにルシファードは今後の訓練予定を話し始めた。

激しい水音がして何事かと左舷を見遣ると、海中から流線型の巨大な生物が浮上し、二十メートル近い大きさを感じさせないジャンプ力で空中に躍り上がった。

メタリックな輝きを帯びた鱗や鋭い背びれの先端が太陽の光をはじく。

怪物めいた大きさの魚はそれ一匹ではなかった。先頭の一匹を追って次々と同じ種類の魚が空中に飛ぶ。十匹以上はいる群れだった。

「あの魚は食えるのか？」

アイボリー大陸周辺にしか生息しない巨大魚を見ても驚かず、名前を聞く前に食用になるかどうかを尋ねるなんて変わった野郎だとパイロットたちは思ったが、沿岸の漁村出身の若者が手を挙げて答える。

「イエス・サー！　嵐のあとに浜に打ち上げられて弱っていたギガルーアを村人総出でさばいたことがあります。クセはありませんでしたが、淡泊すぎてすぐに飽きる味です」

「そうか。――そこの右から三人。ただちにサイクロンで出撃してあの魚を三匹仕留めてこい」

「は？　戦闘機で魚をですか？」

「機銃掃射を頭部に喰らわせれば死ぬだろう。ほかの者は救命ボートを下ろす用意をしろ。左端の者、整備兵にワイヤーロープの用意とクレーンを動かす準備をするように連絡」

矢継ぎ早に指示を出す男を唖然と見返すパイロットたちは、我に返ってあわてる。

「オスカーシュタイン大尉殿！　ギガルーアは淡泊なので飽きるんです」

「俺をナメるなバカ野郎。淡泊だってことは、味付けと調理法で幾らでも変化をつけられるってコトじゃねえか。三匹もあれば千五百人が腹一杯食べられるだろう」

腹一杯という言葉に惑星軍の兵士は反応する。

即座に全員が心を一つにした瞬間だった。

声をそろえて答礼すると、おのおのが命じられた使命を果たすために駆け出した。

「アイ・アイ・サー！」

甲板での巨大魚三匹の解体作業はほかの兵士たちも巻き込んで大騒ぎだったが、夕食は彼らの労苦を報いてあまりあるものだった。

一人当たりの量とメニューの豊富さだけでなく、その大半が一口食べると身悶えながら踊ってしまうほど美味。

男女も階級もなく、ハックルベリーの乗組員たちは食べに食べ、陶酔の表情でこれ以上もう食べられない〜と幸せそうにうめきながら食堂をあとにしていった。

普段はいかめしい顔つきの艦長も、今夜ばかりは部下たちとまったく同じ表情をして、満足の吐息をつく。

空母の甲板が魚の血と脂と鱗にまみれ、これから当分生臭さに悩まされることになっても、かつてない幸福感に包まれた彼はすべてを大らかな気持ちで許していた。

「調理兵たちも君のレシピと調理法は大変勉強になったと言っていた。私も我が艦で一流レストランに比肩する味の食事ができるとは思わなかったよ。心から感謝する。……ギガルーアはこのあたりで珍しくない魚だから、我々はもう空腹と戦わなくて済むな」

艦長は艦長室のソファに座る若い士官に礼を言う。

ルシファードはシャワーを浴びても魚臭くなってしまった気がする黒髪を気にしながら、艦長の楽観論を否定した。

「幾ら調理法や味を変えても毎日同じ食材では飽きますよ。今日は緊急でしたから、ギガルーア尽くしになりましたが。豊富だからこそ、飽きないように捕獲は六日おき程度にとどめ、貯蔵庫との兼ね合いで調節しながら献立を考えるべきです。海にいながら豊富な食材に手を出さず飢えているのは勿体ない。失礼ですが、どうせ惑星政府にも議会にも期待されていないなら、訓練の時間を半分減らして食料自給率を高めてはいかがですか」

「君の提案は実に魅力的だ。充分検討に値する。恥ずかしい話だが、空腹が続くと訓練どころではないと思うよ。この暑さに負けて倒れるものも多いし、艦内の雰囲気もとげとげしくて、ささいな原因の争いが絶えないのも悩みの種だった」

「恥ずかしくなどありませんよ。悪いのは軍の食費まで削って恥じない惑星政府の役人たちです。……ところで、艦長。この艦を中心にして周辺海域をスクリーンに表示していますが、三つの青い光点は何を示しているのでしょうか？　先程から気になって……」

「あれは潜水艇だよ。仮想敵さえいない状況だから、訓練がてら民間の会社や研究所の依頼を受けて海底の調査をしている。社会に貢献している分だけ彼らのほうが、まだ空母より存在意義があるのは確かだな」

紺色の上着の背中を伸ばし威厳漂う艦長は、半分あきらめの入った力ない笑顔を見せる。それが惑星軍兵士全体の気分を物語る表情だった。

「艦長名で各潜水艇に依頼してもらえますか？　作業用のマニピュレータを使い、艇内に詰めるだけの食用甲殻類を獲ってきてくれたら、乗務員全員にうまい食事を腹一杯ご馳走すると。特に希望はカニですね。あれは殻を使ってスープのダシも取れますから」

「了解した。具体的なメニューとして君は何を考えているのかな？　彼らを食欲で釣るにしても、食べ物を想像させなければ効果は上がらないと思う」

「うーん。ざっと見た食料保管庫に……ああ、ライスがありましたから、カニ・ピラフでどうでしょう？　あれなら簡単で調理時間も短い」

「カニ・ピラフ……一人に足が何本つくのかな？」

食後だというのに艦長は少年のように目を輝かせてつぶやく。

ルシファードは笑った。

すべてに疲れてあきらめた顔をされるより、よほど楽しい。

「それは潜水艇乗組員の頑張り次第ですね。漁獲量が食べる人数に対して少なければ全部ほぐして使うしかありませんし」

「むう。艦長特権で足の一本は確保したいところだが、食べ物の怨みは恐ろしいと言うし、カニの足で反乱を起こされたら困る」

どこまで本気か判らないことを言ったあと、艦長は頼もしく請け合った。

「各潜水艇の船長と直接話して、確約させよう。彼らとて同じ惑星軍の所属だ。ろくなものを食べていないのだから、君の提案に必ず飛びついてくるはずだ」

「お願いします、艦長」

美味しいものを食べるとみな幸せそうに笑う。その顔を見るのが好きで、料理という趣味は結構気に入っていた。

外からはそんな風には見えないが、時折かなり切実に飢えている軍病院の医師たちを思い出す。食事時間さえ奪う多忙が原因だとしても、人間は飢えるとみじめで切ない気分になる。

内科医のほうは、今頃ルシファードの副官と豪華なホテルで優雅にディナーを食べているだろうが、残された外科医のほうは一緒に食事をする友人さえいない状況だった。

――派遣されたのが非番で食事を振る舞った直後だったのは、せめてもの慰め……って、どっちの慰めになるのやら。サラディンのか……俺のか。

せっかく海にきたのだから、幻の高級食材であるフカヒレをどこかで調達して帰りたい。

サラディン・アラムートは外科主任室に訪ねてきたカジャ・ニザリから、決まり悪そうにおずおずと土産物を差し出された。

内科主任の手元の品を一瞥すると、いかにも落胆した口調で言う。

「有名なナッツのチョコレートではないんですか」

「常夏のリゾート地でチョコレートなど誰が買うか」

「南国の花と樹木とサーファーのイラストをあしらったTシャツでもないのですね」

「君に似合うとも思えんが、そんな俗悪な絵柄の衣類をもらって嬉しいのか?」

「いいえ。そんなものを差し出したら、即座につまみ出しています。――お座りなさい。大尉が言うところのノーマルなハーブ・ティーを入れて差し上げましょう」

とりあえず土産を受け取った友人が怒っていないことを確認し、ひそかに安堵したカジャはすすめに従って、いつもの特注品カウチに腰を下ろす。

「アブ・ノーマルなハーブ・ティーがどういうものか、聞かないことにする」

「賢明な判断です。それにしても、まったく日に焼けていませんね。せっかく黒ウサギに変身した姿が見られると思ったのに」

「地球人と一緒にするな! 白氏にはほとんどメラニン色素がないんだ。第一、もともと白い髪はどうなる。いくら日に当たろうと白いままだぞ」

「なにをそんなにムキになっているのです? 単に白黒二色のウサギになるだけでしょう」

「ウサギにこだわるなと言うのに! ……そんな底意地の悪いからみ方をしなくてもいいだろう。悪かった。何も言わず休暇を取ったことは謝る」

罪悪感のあるカジャは耐え切れず、潔く(いさぎよ)謝罪するほうを選んだ。

首をかしげた蓬莱人の青緑色の髪が動きに合わせてなめらかに流れる。

「この程度はいつものことでしょう？　別に謝る必要はありません。事前に誘われても結果は同じでしたよ。ご存じの通り、私の目は紫外線に弱い。赤道近いリゾート地では室内でも窓がある限り、昼間は到底目を開けていられません。それでも土産なしの場合は、泣くまでいじめようと思っていましたが。この乾燥させた花はハーブ・ティー用ですか？」

もとの赤紫色を残した花が透明な袋にぎっしりと詰められていた。

「いや、あちらの土地に咲く花のポプリだ。精神をリラックスさせる作用があるそうで、枕元に置くとよく眠れる」

「新婚カップルのお土産に似合いの極甘な香りですね」

袋越しにも匂い立つ強い花の香りに軽く眉を寄せ、感心しないという口調で感想を述べる。

カジャは耳まで赤くなって立ち上がるとわめいた。

「だっ、誰が新婚カップルだ、馬鹿者っっっ！」

「誰のことだとも言っていませんよ。思春期の少年ではあるまいにミズ・キムと一緒に旅行へ行った程度で、そこまで狼狽しないでください。見ているほうが恥ずかしい」

「わっ、私は断じて彼女に淫らな振る舞いに及んでいないからなっ！　彼女に対しては、常に紳士として接してきたっ！」

サラディンはハーブ・ティーのカップをカジャの前に置く。

「お土産のポプリでも嗅いで、少し興奮を静めなさい。自分の甲斐性のなさを威張る男がどこにいますか。頭一つ身長が違うからと言って、気後れしているほうが恥でしょう。それとも今から泌尿器科のドクターをここへ招いて、個人的に相談しますか？」

「ふっ、不潔なことを言うなっ！　私はともかく、ライラを穢すようなことを言うなら、いくら君でも許さないからなっ」

テーブルをはさんで向かい合う丸椅子に座ったサラディンは深いため息をつく。

「やれやれ。カマをかけてみたら、本当に外見通りの坊やなのですか。百五十一年も生きて、片思いしかしてこなかったとは。二十八年しか生きていない大尉たちのほうがよほど、生物としては正常ですね」

「大きなお世話だ、放っておいてくれっ！」

怒鳴り続けてのどが渇いた白氏は再び腰を下ろし、火傷をしないように注意しながら淹れたてのハーブ・ティーを一口飲む。

少し落ち着いたところでもうひとつの用を思い出した。

「そうだ。昨日あちらの港町で、あろうことかルシファード・オスカーシュタインと出会ったぞ。君は奴がアイボリー大陸に行くことを知っていたか？」

「空母ハックルベリーに指導教官として派遣されるとは聞いたのですが、艦を降りることもあるのですね。わざわざ聞かずとも元気だったとは思いますけれど」

「何故か惑星軍の兵士たちに混ざって漁師の真似事をしていたぞ。……指導教官？　食糧確保の？　それとも調理の一環としての漁だったのか？」

「はい？　私は戦闘機の教官だと聞いたのですが……漁師？」

あまりの脈絡のなさに外科医も混乱する。

一見十五歳程度の美少年に見える内科医は、今でも自分の見た光景が半分信じられないといった面持ちで、大きなオレンジ色の目をしばたたく。

カジャが語った彼ら二人と黒髪の大尉との意外な再会とはこうだった——。


二人でマリン・スポーツに興じる休暇は楽しく、与えられた時間はまたたく間に過ぎようとしていた。

名残惜しいが、明日には基地に戻らなくてはいけない。

レグホーン・ホテルから多少離れたところに、スキューバ・ダイビングをするには最適の場所があるという。ホテルから食事付きのツアーが出ていると知った彼らは、即座に早朝出発のツアーに参加申し込みをした。

ホテルに隣接する専用の港には、中型のクルーズ船と一緒に小型の高速艇が数隻係留されていた。そのうちの一隻がその日午前中出発のツアー客二十名ほどを乗せて、ダイビング基地になっている港に向かう。

二時間弱で到着したのは、住民のほとんどが漁業か観光のどちらかを生業にしているような小さな島の港だった。

魚の鮮度が命の漁は未明から早朝にかけて行われる。

すでに日が高く昇っているので、漁から帰った漁船が港を埋めていた。

ダイビング客には別の桟橋が用意され、島側にはダイビング用具を貸し出す店や土産物、飲食店が軒を連ねている。用具の準備が整うまで三十分の自由時間が与えられた。

「そのあいだに土産物屋で何かを買えと言うことか。よくある癒着だな」

「別によろしいんじゃありません？　詐欺でもなければ無理強いもされていませんし」

「珊瑚や貝殻細工でも見ようか？　女性は綺麗なものが好きだろう」

「興味はありますけれど、帰りにしましょう。折角これから生きている珊瑚や貝を見に行くんですもの」

カジャが着ている青を主体とした水着は上下の分かれた二部式で、上は半袖下は膝上までの長さがある。ライラは浅黒い肌によく映える真っ赤なビキニの水着に生成のヨットパーカー。

二人ともダイビング中に珊瑚の角で手足を切ったりしないようウェットスーツを借りて着るように薦められ、本人たちもそのつもりで合ったサイズの物が用意されるのを待っている。

手をつないで島に沿った道を散歩し始めて程なく、彼らの耳に大変聞き覚えのある怒声が聞こえてきた。

「誰がウミウシなんぞを獲ってこいと言った！　こんなものが喰えるか、アホタレッ」

「しかし、大尉殿。自分はこれを刻んでサラダに入れると、色々なキャンディーを入れたみたいで、すごくキレイだろうと思ったのでありますっ」

「何がサラダにキャンディーだ。俺たちはおままごとの材料を集めているんじゃねえんだぞ。オニオコゼみたいな面ぁしやがって、乙女なコトをほざくなっ！」

大尉と呼ばれた男が雷を落としたあと、男たちのゲラゲラ笑う声が続く。

「あー？　ウミウシの次はイソギンチャクかよっ、××。この籠はどいつのだ？」

「自分であります、大尉殿。クラゲが食べられるなら、イソギンチャクも細切りにしてサラダの具──」

拳のグーで側頭部を軽く殴られた兵士の言葉が途切れる。再び笑い声。

「集団でヘラヘラしてるんじゃねえぞ、迷彩トドの群れがっ！　テメーらの脳みそが海綿体であろうと、喰えるものと喰えないものの区別はしっかりつけておけ。事前にレクチャーしたもの以外はとりあえず獲るな。時間は有限だ。冷蔵装置つきの漁船もタダで貸してもらえたわけじゃねーんだぞ」

「アイ・サー！」

「まったく。てめーらの腹のコトなんだから、もうちょい真剣に──ああ！　この籠は上出来だ。うまいものばかり、かなりの大物をよく獲って来たな。趣味で潜ったことがあるのか？」

生きた芸術品のような美貌の大尉に笑いかけられた惑星軍兵士は、見惚れたきり返事はおろかうなずくことさえ忘れ、その場に立ち尽くしている。

せっかく南国の開放的な空気に似合う、爽やかで大らかな笑顔がくもった。

「ホメている時くらいちゃんと聞きやがれ！　いつまでも野郎の顔なんぞに見惚れるんじゃねえ。みんな平等に一個ずつくっついているんだから、いい加減に見慣れたらどうだ！」

「ノー・サー！　大尉殿の顔を見慣れるだなんてとんでもないっ。そんなもったいないコト絶対できませんっ。一生分の目の保養をさせてもらっています。ありがたや、ありがたや……」

角張ったいかつい顔の兵士は、いきなり本人を目の前にして拝み出す。

周囲にいた兵士たちも一斉にその動きにならうと、怪しげな呪文を唱和した。

「ああ、もったいない。ありがたや、ありがたや……」

「拝むなっっっ！」

黒髪の男は前ビレをすり合わせるトドたちを怒鳴ったあと、だいぶ上に昇ってきた太陽からのきつい日差しに眉をひそめる。

「結構暑くなってきたな。野郎ども、今日の獲物を早く船に運び込め！」

「ハイ・ホー！」

はたで聞いていると、男ばかり数十人もいるこの集団が軍人なのか新米漁師なのか海賊なのか、かなり悩むやり取りだった。

——っていうか、どーしてこんなところにルシファードがいるのよぉー……っっっ！

どうしてもそれを知りたくて葛藤するライラの手を握り、カジャが懸命に引き止める。

「ダメだ、ライラ。今ここであいつと関わったら、どんな不幸が私たちに襲いかかるやもしれない。今日まで楽しく過ごしてきた休暇を最後に台無しにはされたくないだろう？」

「ええ。勿論です、カジャ。……でも……でも、知らないままやり過ごしたら、私気になって残りの時間を楽しめなくなります。ごめんなさい……っ」

好奇心は猫を殺す。

そして、しばしば猫にたとえられる女性は好奇心の強い生きものであり、優美で獰猛な黒豹を思わせるライラ・キムもその例に漏れなかった。

物語のヒロインのように悲壮な決意と共に引き止める男の手を振りほどいたライラは、長い黒髪を三つ編みにした長身の男に向かって歩き出す。

彼が指揮する屈強な男たちの集団は、迷彩柄でこそなかったが身につけた黒いウェット・スーツのせいで、男の言う通りトドに見えなくもなかった。

部下たちが交互に潜っている時、ボートの上から指揮していた男だけは、上は緑のランニングで下はジャングル迷彩のズボンにブーツという格好だった。

いつもと変わらない下はともかく、上がここまでラフな親友の姿を外で見るのは初めての気がする。

赤いビキニを着た長身の美女が桟橋を渡り自分たちに近づいてくるのを見て、新米漁師の兵士たちは次々と口笛を吹き始めた。

その部下の反応で、ルシファードは振り返る。

まったく日に焼けない白氏とは対照的に、数日会わなかった超絶美形の肌は金色に近い小麦色に焼けていた。長い睫毛(まつげ)が目のラインを際立たせて、エキゾチックな印象が加わる。

本当に美しい顔だと思う。素顔を目にしたものたちが思考停止状態に陥るのも無理はない。

あれほどいつも人前でスクリーン・グラスを外したがらない男が、何故今は素顔をさらしているのだろう。

不思議に思ったライラは、ランニングというラフな格好の理由と同じだと気づく。

サングラスをして日に焼けると目の周りが白く残り、かなり笑える間抜けな有様になる。スクリーン・グラスをしたままの日焼けも、それは変わらない。

同様に半袖のTシャツを着ていると、袖の境目が二の腕に生じて格好悪い。タンクトップの形の日焼けなら、上に着るものに袖があればすべて隠せる。

日差しの強い土地で長時間屋外活動をしなければならない人間は、日焼けに対しても配慮が必要だった。

肌が浅黒いライラも日焼けという名の火傷はしたくないので、紫外線防御剤を肌の露出部分に塗っている。

絶世の美貌を平気でドブに捨てているルシファードにそんな気遣いが出来るはずもなく、妙な日焼けをするとまずいと思ってくれただけマシだった。

「ルシファード。あなた、どうしてこんなところにいるの？　あなたの命令で動く見慣れない人たちは誰？　どうして食料調達をしているの？」

複数の質問を浴びせられた男は、いたって真剣な表情で副官に言った。

「お前な。いくら着たかったにしても、ビキニはやめろよビキニは。その六つに割れた腹筋を目にしたら男は逃げ――」

全部を言う前にライラの跳び蹴りがルシファードの腹に炸裂する。

桟橋から海に蹴り落とされた男は派手な水飛沫（みずしぶき）を上げた。

「子供みたいに何でも思ったことを口にするのは止めなさいって、何度私に言わせればわかるのよ、この鳥頭っ！」

中指を立てて浴びせる彼女の怒声が兵士達の動きを止める。どうやら知り合いらしいと悟って、どう対処したものだかと顔を見合わせる。

「まったくだ。部下の脳を海綿体だなどと言える立場か、たわけものが」

腕組みしたカジャが辛辣（しんらつ）に追い討ちをかけるに至り、仲間内のケンカだと解釈したトドの群れは軽く肩をすくめて上官に命じられた作業に戻った。

「――ということがあった。そのあとすぐに我々はツアーの招集がかかって呼び戻され、結局あの男があの場にいた理由は不明のままだ」

「私が聞いた話では、戦闘機の指導教官として、惑星軍の空母ハックルベリーに派遣されるということでした。先方で何があったのか判りませんけれど、料理が趣味の彼が食材を集めていたとなれば答えは……あっと言う間に可愛いコックさん？」

カジャは額に手を当てる。

優雅で有能でクールな外科医の友人にだんだんルシファードの天然ボケが感染っていく気がするのは、単なる思い過ごしだろうか。

「出向したわけではないのだから、いずれ戻ってくるだろう。その時に本人の口から詳しい説明を聞けばいい」

「お土産は新鮮な海の幸――魚介類に海草といったところでしょうか。楽しみですねぇ」

「……サラ。色気より食い気は、本来の君とキャラが違うだろう。餌付けされてどうする」

「おや。それではエビニラ餃子やカニ焼売、ホタテと青菜のクリーム煮をあなたは食べたくないと言うのですか？　食事のメンバーが減るのは取り分が増えて大歓迎ですけど」

サラディンは反撃しているのか、ただの食いしん坊万歳な発言なのか判然としなかったが、あからさまに動揺したカジャはしばしの懊悩の末、華奢な肩を落として敗北宣言を出す。

「……食べたい、すごく」

「そうでしょうとも。――順応性抜群の大尉が、あちらで楽しくやっているのは当然のことです。あまりに楽しくて戻ってくるのを忘れるようでしたら、今度は私が休暇を取って専任シェフ奪還に向かうまでのこと」

言い切ってハーブ・ティーを飲んだサラディンは、優しく微笑んで付け加えた。

「たとえコバルト・ブルーの海原を迷彩トドの血で真っ赤に染め変えようともね。ふふふ」

「ああ、安心した。それでこそ、君だよ」

何か怖いことを目論んで暗黒のオーラを立ち昇らせる友人の姿に、カジャは日常を取り戻した心地がした。

半農半漁ならぬ半軍半漁になったバーミリオン惑星軍は、それ以降も食料自給率を着々と高め、海産物販売の副業にも励むようになった。

惑星議会議員が自分たちの政策の重大な過ちを悟った時には、惑星軍の変質は取り返しがつかないレベルにまで進んでいた。

副官たちの休暇が終わって程なく、ルシファード・オスカーシュタインは大量の食材や惑星軍印の天然塩と共にカーマイン基地へと帰ってきた。

当然ながらその後の政治家たちの困惑など、彼には知ったことではなかった。

あとがき

津守時生

どもども。「あれ？　この三千世界の表紙なんか変ねー」と思われながらお手に取られた皆さま、こんにちは。

新刊だと思って、すでに買われた方もご安心を。第一巻です。ただし本篇の後日談の。

「本篇が完結していないのに後日談を出すなんてナニ考えてるのーっ。さっさと続きを書きなさいよ！」と思われた方、全くその通りです。

とは言え、本篇にも後日談の短篇を収録していたり、年に一度雑誌の付録につくミニドラマCD（脚本を作者が書いております）の内容が、幾つか後日談のものだったりしますので、馴染みのある方もいらっしゃることと思います。

出版界に限らず、新製品をより多く売るためのオマケにつける販促品というものがありまして、新刊では一部協力書店さんで配られる短篇の載ったペーパーなどが、それに該当します。

この本に収録されている短篇は、言わばその販促品を加筆修正したものです。

四作のうち一作が応募者全員サービスのもので、ほかの三作はドラマCD『三千世界の鴉を殺し』第一巻から第三巻までの初回プレス限定特典のプチ文庫。新しいドラマCDが発売されるたびにプチ文庫もついてきました。

本篇を連載させて頂いている小説ＷＩＮＧＳが今年の夏号をもって三十周年、百号になりました。めでたい！　そして、三千世界の連載は二十年目だそうです（若い読者の中にはまだ生まれていなかったという方もいそう・笑）。

その記念ということで、この本の発行が決まりました。ただし、第二巻が来年に出るというわけでもありません。二〇一八年現在、ドラマＣＤ第十五巻まで出ているうち、第六巻から特典のプチ文庫が残っていますし、本篇の刊行が優先です。

後日談では、かなり本篇のネタバレをしています。ネタバレが許せない人には申し訳ありません。ただ本の裏表紙にはあらすじが書かれて売っていますし、私自身が好きな本は何度も読み返す読者なので、あらすじを知ったところで中身の面白さに影響はないと思っています。

勿論、本篇の核心に関わってくる部分で後日談でも触れていないところはありますし、その後や詳細を言及できないキャラクターもいますので、ご了承下さい。


今回収録した話についての蛇足。

『ハートのエースが出てこない』

短篇をキャンディーズの歌のタイトル尽くしにしようと思って挫折しました。その名残で、この話の他には本篇に収録した『やさしい悪魔』があります。

それから、潔くお詫びします。この話に書いたルシファードとサラディンの関係は、本篇終了直後ではここまで進展しません。二〇〇五年発行時には、こんな二人を目指していたのですが、本篇を書き進むうちにどんどん話から色気が抜けていきました。二〇一八年現在の感覚で書き直すと全く別物になります（下手をしたら進展どころか平行線のままかも）。

　この話をすでに読んでいる読者さんが泣くから、書き直さないようにと周囲から忠告されまして、加筆する程度にとどめました。

『基地最後の一般開放日』

　自衛隊やアメリカ軍の基地開放日にも、ミリタリー・マニアだけでなく近所に住んでいる家族連れが楽しそうに参加しているようすがニュースになります。辺境惑星で娯楽の少なそうなバーミリオン星では、完全に年に一度のお祭りという認識でしょう。

　ここで出てきた『流星戦隊ギャラクシアン』のネタが、プチ文庫で時々顔を出します。

「ガキをだますのって面白えなあ」というルシファードのセリフを書きたかったのです。

『地獄の特訓十日間』

　トム・クルーズ主演映画『ア・フュー・グッドメン』を見て、士官の夏服も凛々しくて素敵ね～とミーハーした勢いで、夏服ヴァージョンにした覚えがあります。本篇では季節の関係で夏服のシーンは出てきません（九月から十二月半ばまでの、たった三ヵ月半の話だからサ）。

　屋外だからこその雨で、某の戦闘服の上半身を脱がしたのはサービスです。あざとい（笑）。

『常夏のリゾートにて』

惑星大統領のフルネームは本篇ですでに書いていたのに、それを忘れてプチ文庫に書いてしまいました。姓だけが違うので、本篇とプチ文庫のあいだに離婚したことしようと閃き、彼女と旦那との争いにルシファードが利用されるエピソードを考えました。

お陰でパオラは当初の予定よりルシファードとの関わりが深くなり、お互い利用し合う腹黒い関係はルシファードの別の一面を出せて面白いのですが、考えるのは大変です。

てへ、間違えちゃったぁで済ませれば良かったのだと、今頃気づいて愕然としています。

この本を出すにあたり、呪われているのかと思うほど機器トラブルと体調不良と怪我に悩まされ、いまだかつてないほど関係者の方々にご迷惑をおかけしました。

編集部の皆さま、印刷所の皆さま、西阪さま。本当にお詫びのしようもありません。二度とくり返さないように今後は気を引き締めて作業したいと思います（書き下ろしが予定されていなかったので、麻々原先生にご迷惑がかからなかったのは不幸中の幸いでした）。

せめて、この本を読まれた方が楽しい時間を過ごされることを祈って——。

二〇一八年　記録的猛暑と西日本豪雨災害のとんでもない夏

W I N G S ・ N O V E L

【初出】
ハートのエースが出てこない：「三千世界の鴉を殺し」9，10巻刊行記念
全員サービスプチ文庫（2005年）
基地最後の一般開放日：ドラマCD「三千世界の鴉を殺し①」
初回特典プチ文庫（2002年）
地獄の特訓十日間：ドラマCD「三千世界の鴉を殺し②」
初回特典プチ文庫（2003年）
常夏のリゾートにて：ドラマCD「三千世界の鴉を殺し③」
初回特典プチ文庫（2005年）

この本を読んでのご意見、ご感想などをお寄せください。
津守時生先生・麻々原絵里依先生へのはげましのおたよりもお待ちしております。
〒113-0024　東京都文京区西片2-19-18　新書館
[ご意見・ご感想] 小説Wings編集部「三千世界の鴉を殺し　SEQUEL①」係
[はげましのおたより] 小説Wings編集部気付○○先生

三千世界の鴉を殺し　SEQUEL①

著者：津守時生 ©Tokio TSUMORI
初版発行：2018年8月25日発行

発行所：株式会社 新書館
[編集] 〒113-0024　東京都文京区西片2-19-18　電話 03-3811-2631
[営業] 〒174-0043　東京都板橋区坂下1-22-14　電話 03-5970-3840
[URL] https://www.shinshokan.co.jp/

印刷・製本：加藤文明社

定価はカバーに表示してあります。乱丁・落丁本はお取り替えいたします。
ISBN978-4-403-54210-7 Printed in Japan

S H I N S H O K A N